イエスタデイを少しだけ

惣才翼
Tsubasa Sozai

幻冬舎 MC

イエスタデイを少しだけ

目次

Yesterday, all my troubles seemed so far away
Now it looks as though they’re here to stay
Oh, I believe in yesterday

風船

時に畏敬の念を超え、女性に対して恐怖にも似た衝撃を覚えることがある。

そんな感情を恭平が初めて体験したのは、大学受験に失敗した十九歳の夏だった。

*

「恭平、よく惚気話を聞かされている、佳緒里さんに会ったわよ」

愛犬のキングを連れて散歩に出ようとした夕食前。

掛かってきた電話の主は、京都に住む幼馴染みの雅子だった。

「えっ、佳緒里に会ったって？　雅子、お前、今どこにいるんだ」

「ついさっき、広島に着いたのよ。その広島駅で佳緒里さんに会ったのよ」

「会ったって、お前、佳緒里の顔なんか知らないだろう」

「顔なんて知らないわよ。知らなくても判るのよ、女性には」

「へぇ、でも、それって勘違いじゃないのかな」

「ううん、絶対に間違いない。『あっ、佳緒里さんだ』って、直感したもん。笑いかけたら、何故だか、怒ったような顔して睨まれたけど。佳緒里さんも私が誰だか、判ったみたいだった」

「そんなこと言ったって、名乗り合った訳じゃないんだろ」

「それは、そうだけど、絶対に間違いないって！」

「……」

「聞かされていた通り、恭平には勿体ないくらい賢そうな女性だった。今度会ったら聞いてごらん」

「うん、聞いてみるけど……」


この三年間、恭平は佳緒里との出会いや執拗なアプローチのあれこれを、面白おかしく得意気に話してきた。

しかし、雅子は軽く笑って聞き流すだけで、ことさら関心を示すでもなく、容姿について訊かれたり、写真を見せたりしたことは一度としてなかった。

正直なところ、佳緒里の存在にヤキモチを妬かぬまでも、殆ど無視を決め込む雅子の態度に、恭平は内心拍子抜けさえしていた。

だからこそ、信じ難い遭遇に驚きながらも、雅子から佳緒里を誉められたことに気分を好くした恭平は、キングの首にリードを掛け家を出た。

キングは、広島在住の雅子の異父姉に紹介されたブリーダーから数年前に分けてもらった血統書付きのコリー犬で、穏やかな性格とブルーマールの毛種がお気に入りだった。

本来はドッグショーでチャンピオンを獲ることを期待され、キングと命名されたけれど、生後五か月を過ぎた頃、背筋が僅かに湾曲していることが判明し、ブリーダーに見放され手放されてしまった。

自身の家柄に誇るべきものもなく、体型にも自信がない恭平は、背筋が真っ直ぐでないことなど全く気にならず、むしろ同情さえ覚えて格安で譲り受けた。

唯一の欠点は、名前だった。

血統書に登録されているキングという名前に、当初は何ら抵抗は感じなかったが、広場を走り回る愛犬を呼び戻す瞬間、「キング！」と大声で叫ぶ度に、周囲からの得も言えぬ視線を感じ、恭平は気恥ずかしさを覚え始めていた。


雅子からの電話の翌日。

意外にも恭平から問うまでもなく、会った途端に佳緒里の方から告げられた。

「恭平、よく自慢話を聞かされている、幼馴染みの彼女に会ったよ」

「幼馴染みって、京都の雅子か」

さも初めて知ったかのように、恭平はさり気なく驚いてみせた。

「そう。広島駅で見知らぬ女性に、いきなり親し気に会釈されて、誰かと思った。あれって、きっと幼馴染みの彼女よ。まるで親友みたいな馴れ馴れしさだったもん」

「へ〜っ、で、佳緒里はどうしたんや」

「決まっているじゃない。無視したわよ」

「無視⁉　どうして……」

「どうしてって、失礼じゃない。いきなり笑いかけるなんて」

「そうかな」

「そうよ。聞かされていた通り、ちょっと不良っぽい感じで、私は好きじゃない」

「そうか、好きじゃないか……」

佳緒里の話は、間違いなく二人が出会ったことを裏付けると共に、千載一遇の見知らぬ者同士が名乗り合うことなく、お互いを認識し合った事実は改めて恭平を驚愕させた。

そして佳緒里の感想は、雅子からの電話と違って恭平を酷く興醒めさせた。

幼馴染と恋人。

二人の女性への想いは全く別次元と都合よく考えることで、自己肯定していた自分に気付いた。それまで雅子と佳緒里を天秤に掛けることを無意識に避けてきた恭平だったが、この稀有な遭遇以来、事ある毎に二人を比較し、自身との相性を占い始めた。

雅子と佳緒里。

二つの大きな風船に結ばれた紐を左右の手に握って奔《はし》り回る子供のように、自在に大空に舞い上がらせ、その浮力に乗じて軽やかにステップを踏んでいる自分に、恭平はこよなく満足していた。

しかし、思いがけぬ遭遇を契機として、二つの風船を操る糸が縺《もつ》れ合い、足取りが乱れバランスを崩した恭平は、何故か窮屈で息苦しい焦燥を感じ始めていた。

＊

——一年後の夏。

やっと大学に合格して上京した恭平は、大切にしていた二つの風船のうち一つを手放してしまった。

後ろ髪を引かれつつも恭平から別れを告げたのは、幾多のライバルを蹴散らして懸命に追い続け、ファースト・キスを交わした珠玉の恋人、佳緒里だった。

そして、幼馴染みとして十数年も顔を合わせていながら、手さえ握ったことのない雅子に、恭平は強く傾倒していった。

遮断機

1

「くそっ、いつだってこうなんだ。俺って奴は……」

恭平は一方的に切られてしまった電話に腹を立て、未練がましく受話器を握り締めたまま独《ひと》り言《ご》ちていた。実際、思ってもみなかった言葉を、つい口走ってしまっての数多くの失敗が無ければ、恭平の人生はもっと違うものになっていたはずだ。

しかし、この瞬間の恭平は、軽率な言葉から生じる結末を予測できていなかった。

未だ恭平は、この電話の遣り取りを、子供の頃から幾度となく繰り返してきた喧嘩の一つと軽く考えていた。

「しまった！」

恭平が心から後悔しほぞを噛むのは、それから二日後、雅子からの速達を手にしてからだった。そして後年、この電話のやり取りを運命の悪戯と嘆くことになるのだった。

速達には、右肩上がりの独特の癖字で認められた長い手紙の他に、真新しい一万円札が三枚、同封されていた。

*

恭平と私が初めて会ったのは、小学校五年生の春でした。

父の仕事の都合とはいえ、私は広島に越して行くのが嫌で嫌で堪りませんでした。

でも引っ越したその日、焦げ茶色の雑種の犬を連れたあなたに出会って、新しい土地がいっぺんに気に入ってしまった。

「うち、下重《しもじゅう》雅子っていうんや、仲よくしてぇ」と言うと、あなたは、

「お前、どこから来たんや。変な言葉遣うのぉ」と言った。

私は、あなたの言葉の方がよほど可笑しくて、吹き出してしまった。

すると、あなたは、「なんで笑うんや。のぉ、なんで笑うたんや」と怒り出した。

そうして始まったあなたとのやり取りのお陰で、一か月後には私もすっかり広島弁をマスターしてしまった。

転校した小学校で、偶然にも私は恭平と同じクラスになり、意外にも恭平はクラスの人気者で学級委員をしていた。

私は最初から恭平が好きだったけど、恭平は他に好きな女の子がいるみたいで、私を故意に無視したり意地悪したりしていた。

「恭平」。今でこそ、こう呼び捨てにしているけれど、あの頃の私は「恭ちゃん、恭ちゃん」と呼んで、あなたの後をついて回っていた。

あなたは、それが煩わしいのか照れくさいのか、素っ気ない態度を崩さなかった。

でも、それは学校だけのことで、家に帰れば一緒に宿題をしたり、隠れん坊や相撲を取ったりして遊んでいました。

当時は私の方が背も高く、体重だって重かったから、たまに私が勝つと、あなたは決まってムキになり、私は乱暴に投げ飛ばされていた。

覚えていますか。恭平の家で飼っていたコロが死んだ時のことを。

恭平のお姉さんが散歩に連れて行こうとした玄関先で、コロはタクシーに撥ねられて死んでしまった。あの時、あなたは血まみれのコロを抱き締め、大声で泣いた。

それを見た私も堪らなく悲しくなって、一緒に大声で泣いた。

夜になって、あなたのお父さんとお姉さん、弟の修平くん、それにあなたと私とで近くの空き地の隅にお墓を造った。

その帰り道、いつになく神妙な口調で、あなたは言った。

「雅子、コロが死んだ時、一緒に泣いてくれて、ありがとうの。お前も、ようコロを可愛がってくれたけぇの」

言われて気づいたのだけど、もちろん私はコロが死んだことも悲しかったけど、それ以上に、あなたが血だらけになったコロを抱き、正体もなく泣き崩れているのが、悲しかったんだと思う。

そう、あなたはいつも、私を「雅子」と呼び捨てにしていた。

一度、私の父の前で「雅子」と呼び捨てにした時、父があなたをからかった。

「おい、恭平くん、君はうちの娘を、まるで自分の嫁さんみたいに呼ぶんだな」

すると驚いたことに、あなたは、

「おじさん、ボクが大きくなったら、雅子をボクの嫁さんにしてやるよ」

そう応えてくれた。

私は、あの時のあなたの表情を、今もはっきりと覚えている。

それは、あなたが最もあなたらしい表情で、体を半身に構え唇をへの字に固く閉じ、得意気に顎を突き出し、相手を睨みつけるのだった。

父が何と返事をするかと振り返ると、父も少しばかり真剣な顔つきになって言った。

「そうか、よし。恭平くんがおじさんに相撲で勝てるようになったら、雅子を嫁にやろう」

父は身長が百八十センチ近くあり、学生時代は柔道をしていたから、父を相撲で負かすことは容易なことではなかった。

それから数週間、あなたは学校でも家に帰ってからも、相撲ばかりしていた。でも、私は全然相手にしてもらえず寂しかったけれど、それ以上に嬉しかったものです。

中学に入る時、父は家業の呉服屋を継ぐことになり、私たちは再び京都に帰ることになった。私は、広島に越して来る時以上にこの引っ越しが嫌だった。と言うより、恭平、あなたと離れたくなかったんです。

だから、京都に住むようになっても学校が夏休みになる度に、私は広島に住む姉の家に遊びに行った。

あなたは暑い太陽の下、一時間近く自転車をこいで私に会いに来てくれた。

それが私の楽しみで、中学、高校、大学と、広島行きを欠かしたことはなかった。

あなたが気にしていた私との身長の差も、中学三年生の時に逆転し、高校から始めたサッカーのせいか、あなたは随分と男らしくなっていった。

私は高校から女子大へとストレートに進んだけど、あなたは二年遅れで稲穂大に入った。

浪人が決まったあなたを慰めた時、あなたは強がりを言って私を喜ばせた。

「馬鹿野郎、心配するな。俺は男だから、一年やそこら遅れたって大丈夫だ。雅子は自分のことだけ考えてりゃいいんだ」

そんな見栄っ張りな恭平が、私は大好きだった。

正直言って恭平に初めて会った時から、別れを決意した今の今まで、ずっと恭平が好きだったけど、その間に恭平以外の男の人を何人も好きになったことがあります。

時には、結婚してもいいと思うほど好きな人もいました。

でも、どんなに好きになっても、その人の影にニコニコ笑っている恭平がいた。

私を一番幸せにしてくれる人は絶対に恭平だと、私には解っていたんです。

どんなに素敵な男の人を好きになっても、恭平の所に帰るまでの寄り道に過ぎないと解って、恭平に甘えていたんです。

私がどんなに好き勝手しても、「ただいま」と声を掛ければ、何も聞かずに恭平は迎えてくれると信じていたんです。

私が最も心を許すことができ、私を死ぬまで見守って欲しい人、それが恭平、あなただったんです。

昨日のあの電話までは。

昨晩、あなたに電話したのは、例によって一人の男性を好きになって、いろいろあった末に別れた直後の寂しさからでした。

何てことのないお互いの近況報告のあと、あなたが私に卒業後の進路を問い、「東京に出てこないか」と誘った。

私が「それもいいかな」と考えていた矢先、「いっそ、結婚して一緒に暮らさないか」と、あなたは唐突に言った。

「まだ学生生活が半分以上も残っているあなたが、どうして結婚なんかできるの」

そう私がなじると、あなたは、強い口調で反論してきた。

「じゃあ、学生は結婚できないのか⁉」

無鉄砲と意地っ張りは子供の頃からだから、私は諭すように言った。

「そんな夢みたいなこと言ってないで、もっと現実的なことを考えなさい」

きっと結婚の話は半分本気だったんでしょう。あなたは声を荒げて怒った。

「お前は何かと言うと、現実、現実って言うけど、現実ってお金のことか。お金なんか今は無いよ。今は無くっても、どうってことないよ」

「今無いんだったら無理じゃない。お金が無きゃ、ご飯だって食べられないのよ」

「あぁ、そうかい。お前は金持ちの一人娘で、俺は貧乏人の小倅《こせがれ》さ。お金なんかございませんよ。余ってりゃ恵んでくださいよ！」

なんて情けないこと言うから、売り言葉に買い言葉、

「お金が欲しいなら恵んであげるわよ！」

私は思わず叫んで、受話器を叩きつけてしまった。電話を叩きつけた後、口惜しくって、悲しくって、情けなくって、涙がボロボロこぼれて止まらなかった。

あんなに大好きだった恭平から、お金を無心されるなんて。

もっともっと大きくて、温かな人だったはずの恭平が、急にちっぽけなどこにでも転がっているツマラナイ男の子に感じられて、これまでの心の支えを一気に失って、私は一晩中泣いたんです。

恭平の馬鹿！　恭平の弱虫！　恭平の卑怯者！　恭平の裏切り者！

もし、心底私が好きだったら、もし、結婚を本気で考えていたのなら、口が裂けても「金をくれ！」なんて言えないはずです。

同封のお金はあげます。返信も返金も不要です。沢山の思い出をありがとう。

もう、一生会いません。会いたくもありません。

私に代わる不幸な女性のためにも、もう少し上等な男になってください。

さようなら！　本当にサヨウナラ！

大好きだった恭平へ

一九六九年十一月十一日

一人ぼっちになった雅子

2

（笑わせるな！　勝手な屁理屈こきやがって。冗談で軽口を叩いただけじゃないか。くそっ！　今の時期、仕送りが届いたばかりで、懐具合は悪かぁねえや）

珍しく長い雅子からの手紙を二度読み返した恭平は、強気な言葉とは裏腹に、雅子との別れの予感が胸いっぱいに広がっていくのを止めることができなかった。右手に手紙、左手に一万円札を握りしめ、放心したように四畳半の部屋に大の字に寝転んだ。

雅子の性格は熟知していた。それだけに翻意させることの難しさも解っていた。

（雅子は、もう俺とは会おうとしないだろう。あいつは妙に潔癖なところがあって、そのうえ頑固ときているから、一度言い出したら聞きやしない。それに、これだけの手紙を書くってことは、よくよくのことに違いない。でも、何としても誤解を解かなくては……）

考えているうちに、恭平は寝入ってしまった。

再び目を開けた時、既に外は暗く、開け放した窓から流れ込む冷気に身震いをひとつして体を起こした。

こんな憂鬱な気分の時は、暗くて寒い部屋は良くない。まして、空腹はいけない。

つまり、恭平は今、最悪の状況に在る。

「よしっ」

勢いよく立ち上がってジャンパーを羽織り、スニーカーを履いて外に出た。

西武新宿線中井駅にある行きつけの中華料理店に入り、炒飯とラーメン、それにレバニラ炒めを注文した。この店の炒飯は、炒り卵が半熟のスクランブルエッグみたいにジューシーで、パラパラ炒めのご飯と絶妙に調和して、恭平は豪《えら》く気に入っていた。

ラーメンの汁も残さずきれいに飲み干し、やっと空腹から解放された恭平は徐々に思考力を回復させてきた。勘定を払い、楊枝でシーシーハーハー言わせ、雅子との関係修復の手立てを考えながらジャンパーの襟を立て、当てもなく歩き始めた。

(何としても弁明しなくては。このまま別れることなんかできはしない。別れる気なんか歯の間に挟まったレバーの滓《かす》ほどもありはしない。しかし、雅子が一旦言い出したら、生半可なことでは聞かないだろう。先ずは、三万円を返そう。それも、ただ送り返すのではなく、何か上手い口実をつくって。くそっ、それにしても、雅子の馬鹿野郎が……）

恭平は、そのまま灯りの消えた寒い部屋に帰りたくなかった。友達に会って喋るのは、なおのこと億劫だった。

カンカンカンカン、カンカンカンカン……

中井の踏切の警報が鳴り、遮断機がゆっくりと下り始めている。その前に立ち止まり、やって来た電車が西武新宿行であることを確認して、駅に向かって駆け出した。改札を擦り抜け階段を二段跳びに駆け上り、ホームを走って一番近いドアを入った途端、ドアは閉まった。

最後尾のその車両は空いており、恭平と同じ年恰好の学生が一人、大きく足を拡げて座席を占領し、少年マガジンを読んでいた。読むべき何物をも持たないことに気がついた恭平は網棚に目をやり、雑誌や新聞を探したが乗り合わせた車両には見つからず、次の車両まで歩いて行った。

網棚で拾ったスポーツ新聞の映画案内欄から、「憂国」の文字が飛び込んできた。

（あの「憂国」を上映しているのか）

独り占めしたいような懐かしさが込み上げてくる。その想いは、放出したばかりの精液と鮮血の臭いがした。

高田馬場で電車を降り、左折して進みパール座の前に立つと、三島由紀夫原作・監督・主演

「憂国」のポスターを見つけた。すでに最終上映は始まっている。

ポケットの中の百円玉二枚を自動販売機に投げ入れると、電車の切符みたいな厚紙の券と五十円玉が出てきた。重い扉を開けて場内に入る。

モノクロームの暗いスクリーンの中では、軍服姿の三島由紀夫が軍刀を手に立っている。暗く重いワグナーの曲が静かに流れている。殆ど人気のない客席からは、何本かの紫煙が真っ直ぐ昇っている。その煙の先に「禁煙」の赤い電光板が見える。

恭平が小説「憂国」を初めて読んだのは、高校二年生の夏だった。

あの時の興奮は今も克明に覚えている。読み進むうちに唾液が口内に充満し、気がつくと顎が痛くなるほど奥歯を噛み締めていた。そして恭平自身は張り裂けんばかりに勃起しており、読み終えた時には身体全体に手淫の後のような疲れを感じていた。

それからというもの、夜毎「憂国」を読み返した。

読み返すたびに、武山中尉とその妻麗子の潔癖さと艶やかさは増していき、恭平を虜にした。それは文学作品に感動すると言うよりも、男性雑誌に綴じ込まれたヌード写真を隠れ視るのに似た、隠微な快感を与えてくれた。

だから、電車の中で拾ったスポーツ紙で「憂国」の告知と遭遇した瞬間から、恭平の頭は雅子の右上がりの文字に代わって「憂国」のイメージに支配されていた。

原作を忠実になぞったストーリーの展開は、恭平にとって全て既知のはずだった。だのに、最後尾の席からスクリーンの二人の愛撫に目を血走らせ、自刃に伴う肉体のうねりや血の迸りに身体中を硬直させ、次の展開を怯えながら待った。

気がついた時、麗子は雅子とオーバーラップし、恭平は武山中尉になっていた。

四十分ほどの短い、しかし全編をスローモーションで観るように長い映画が終わって、場内が明るくなった。座席から滑り落ちそうになるほど姿勢を崩し、肘掛けを両手で支えて起き上がった恭平は、その態勢のせいもあって肩で苦しい呼吸を繰り返していた。

最終上映を終えた館内は明るくなり、掃除が始まる。恭平は急き立てられるように席を立ち、外に出た。外は、半時間前よりもさらに冷たい風が吹いている。

ズボンのポケットに手を差し入れ、雅子から送られてきた二つ折りした三万円の所在を確かめながら、高田馬場駅に急ぎ西武新宿行きの電車に乗った。恭平は一刻も早く暗い場所から逃げ、明るく賑やかな場所に身を置きたかった。

西武新宿駅のホームを下り、改札手前の小便臭い便所に入って小用を足す恭平自身は、パール座での熱い余韻を残していた。

サラリーマン、OL、学生にフーテン、歌舞伎町には様々な人が溢れている。

しかし恭平は、この町をほとんど知らない。春と秋の稲陸戦にも足を運ばなかった恭平は、当然その後のバカ騒ぎにも加わらなかった。コマ劇場も同伴喫茶もトルコ風呂もストリップ劇場も雀荘もビリヤードもスタンド・バーも、およそ無縁だった。

恭平のこの町での立ち寄り先は、立ち食い蕎麦屋だけだ。その割に恭平は、この界隈をよく歩く。

雑誌やその道の練達の友からの情報によると、この町を歩く男と女の目的は一つ。同じ目的意識を持った男と女の間に言葉は要らないと言う。

しかし、何時間歩き回っても目的の入口さえも見つけることができなかった。

思いがけぬハプニングを待ち続けていた初心《うぶ》な恭平は、残念ながらハプニングは待つものでなく、起こすものだと言うことを知らなかった。

この夜も当てもなく歩き続けていた恭平は、新宿三丁目の裏通りで待望のハプニングに声をかけられた。

「お兄さん、遊んで行かない？」

その囁きは、プラカードを手にした店内への呼び込みとは明らかに異なり、何か秘密めいた響きを含んでいた。反射的に後ずさりし、精一杯の無関心と不機嫌を装いながらも、口を吐いて出た言葉は物欲しげだった。

「遊ぶって、何……」

「楽しいこと。絶対に満足させてあげるわ」

瞬時にして男の声が、淫靡なぬめりのある声色に変わり、恭平は身を固くする。

「お兄さん、いい身体しているわね」

左手で二の腕を掴まれ、右手を胸の辺りに手を当てられた恭平は、風呂場でナメクジを踏んづけたような気分になった。

「あっ、俺、いいよ」

踵を返し去ろうとしたが、案外に力強い握力で掴まれた腕が離れない。

「すみません。放してください」

急に低姿勢になって、理由もなく懇願する恭平を男が笑う。笑われたことで、恭平の中に小さな憤りが生まれる。小さな憤りは一気に膨らみ、膨らんだ憤りは身体中に力を横溢《おういつ》させ、正面から男に対峙させる。

「何よ、怖い顔しちゃってさ」

笑って呟きながら、男の顔が近づいてくる。生温かい吐息が頬に当たる。男の笑いが大きくなる。下卑た笑いだ。その顔の中心に、思い切り唾を吐きつける。

男の顔に動揺の色が浮かび、掴んだ腕が離れる。

「手前、馬鹿にするんじゃねぇよ！」

叫ぶ男の顎に、頭突きを喰らわせる。よろめく男を目の端に捉えながら、恭平は駆け出した。その背中を罵声が追い掛ける。

「覚えてろよ、イモ野郎！」

紀伊國屋の裏を走り抜け、右に曲がったトップスの前まで来て、肩を大きく上下させながら恭平は立ち止まった。立ち止まって目を瞑り溜め息を吐き、再び目を開けたら、歌舞伎町のネオンが水に浮かんで揺れていた。

3

——二週間後。三万円を返送する手紙を、二日がかり延べ五時間以上を費やし、推敲を重ねて書き上げた。

そして二度ばかり読み返し、折角書き上げた弁明だらけの手紙を破り捨て、ものの十分もかけず、便箋半分の短い手紙を認《したた》め直した。

言いたいことは山ほどある。
そして、言って聴くような雅子でないことは、誰よりも知っている。
俺は、雅子が幸せになってくれればいいんだ。
俺なんかより、ずっと素晴らしい男を見つけて、幸せになってくれ。
余計なお世話かも知れないが、俺は雅子が結婚するまで、絶対に結婚しない。
気が変わったら、いつでも帰っておいで。
遅くなったけど同封の三万円は、生まれて初めてのアルバイトで稼いだ金だ。
未練たらしいけど、ちょっとでも見直してくれたら嬉しい。
今も大好きな雅子へ
十一月二十九日
恭平

初めてのアルバイト……云々は、雅子の歓心を買わんがための口実だった。ピン札だった一万円札をわざわざ皺くちゃの一万円札に換えての姑息な偽装工作と、精一杯の潔さを演出した手紙に一縷の望みを託していた。

（もう、諦めろ！）

そう自分自身に言い聞かせながらも、朝晩必ず郵便受けを覗いて毎日を過ごした。

何度も第二伸を書こうとした。電話を掛けようとも思った。しかし、この際下手に動くより、ジッと待つことが最も効果的な行動だと自分に言い聞かせ、待つことに専念した。それは恭平にとって何よりも困難な選択だったが、耐え抜いた。

耐え抜き通したが、待ち焦がれた返信は届かなかった。

生来恭平は、長期的な計画能力が欠落しており、それを補って余りあるほどに楽天性が顔を利かせていた。

そして、「人類の歴史を築いてきたのは楽天家だ」と自らを慰め、言い聞かせていた。

*

恭平は大学受験に二度失敗した。しかし、失敗に大きく落ち込むことは無かった。

そもそも受験に臨む恭平には大学で何かを学びたいという強いモチベーションも、その先に待ち受ける人生に向き合う真摯さも欠落していた。

「女の子にモテたい」

不純な動機から始めたサッカーだったが、モチベーションの強さは意外な継続力を発揮した。

不純だった動機も次第に純化され、サッカーそのものに没頭していった。

結果として、四十名を超えていた新入部員が厳しい練習とシゴキに耐えかねて次々と脱落していく中、レギュラーを獲得しただけでなく、三年時には県の選抜メンバーの一員に選ばれた。その経験を通して得た教訓は、物事を成就するのは資質ではなく、遣り抜く覚悟の大切さであり、遣り抜くためには強いモチベーションが必須であるという条理だった。

しかし、もう少し高い舞台で、もう暫くサッカーを続けたいという以外に然したる動機を持てなかった大学受験は、歴然たる学力不足で完敗。

現役での受験は、十一月のサッカー選手権広島県予選決勝での肋骨のヒビと肋膜炎の併発による、二か月間の入院が決定的なダメージになった。

一浪後の受験は、僅かばかりの成績向上を妄想的に過大評価。現役で合格したかつての同級生への独り善がりな見栄による高望みが仇となり、敢え無く撃沈。

加えて、唯一合格した滑り止め大学への入学手続きを一蹴する愚挙は、父親を激怒させると共に愁嘆させる始末だった。

こうした浪人生活の間に、恭平の志望大学は雅子の住む京都の同立大から、東京の叡智《えいち》大に変わっていた。それはプロテスタントからイエズス会への転向と言う宗派上の問題ではなく、もちろん学力の向上に伴う変更でもなかった。

そもそも恭平は高校時代には、叡智大の名前すら知らなかった。

叡智大の存在を教えてくれたのは先生や先輩、受験雑誌ではなく、お好み焼き屋で何気なく手にしたプレイボーイ誌の記事だった。

他の客の手前、ヌード・グラビアのページをさり気なく飛ばし読みして開いた雑誌に、《女子大生が選ぶ人気大学ベスト10》の特集記事があった。

一位に選ばれたのは東大でも陸王大でも稲穂大でもなく、叡智大で、中でもサッカー部の人気がダントツに高いと言う。さらに嬉しいことに、語学が売り物とされる叡智大にあって意外にも、何故だか語学堪能に非ざる者が人気を博すそうだ。小躍りした恭平は、右手のヘラでお好み焼きを頬張りながら、左手に持った雑誌を落としてしまった。

関東サッカー・リーグ二部の叡智大ならば、一年からレギュラーも夢ではない。さらに幸か不幸か、語学力にはからっきし自信が無い。

つまり、叡智大入学サッカー部入部の暁には、恭平は日本一のモテモテ学生として四年間を送ることができる。能天気なロジックを構築した恭平は、同立大と決別した。

丁度その頃、恭平は大宅歩の遺稿を集めた「詩と反逆と死」を読んでいた。短い文章のどれもが輝いており、恭平に溜め息を吐かせ続けていた。大宅歩が十七歳の正月を迎えての一節に、

「今年は、トルストイを原書で読みたい」と認められていた。

叡智大の入試は、二次に面接試験があった。恭平は外国語学部ロシア語学科に願書を出した。二次面接の試験で、志望動機を聴かれたら、「原書でトルストイを読みたい」と応えてみたい誘惑に駆られたのだ。

だが、一次試験合格者の中に恭平の名前は無く、志望動機を応える夢は叶わなかった。実際のところトルストイの作品なんて、児童向けに翻訳された「復活」を読んだくらいのもので、それすら満足にストーリーを覚えてはいない。

それでも、何とか稲穂大学に紛れ込んだ恭平は、「やはり、サッカーが好きだ」との単純な動機から、サッカー部の門を叩いた。そして二か月後には、その門を出た。

全てが違い過ぎた。横一列に並んで百メートルのダッシュを走れば、トップとは数メートル近くの差が開く。ヘディングをすれば、相手の肩から顔を覗かすのがやっとで、ボールには触れない。得意だったプレス・キックも、距離と制球は互角でも、スピードと変化は雲泥の差。然らば！　と身体を張ったラフ・プレーと執拗なまでの粘りを売物に、アピールを図るも、無理が祟って腰を痛め、無念のリタイア。

マネージャーとして残ることを勧められたが、「その器量はありません」と断った。

マネージャーが嫌だったのではなく、プレーヤーに嫉妬する惨めな自分を見るのが嫌だったのだ。

地球儀

1

勉強には興味が持てず、サッカーを断念し、雅子に見捨てられ、途方に暮れていた恭平を救ってくれたのは高校時代からの友人で、一年早く陸王大に入った杉野将仁《まさひと》だった。

杉野は金が底をつくと、東横線、山手線、西武新宿線と乗り継いで、恭平の下宿にやってくる。杉野を迎えた恭平は定番のカレーライスを大量につくり、取り留めの無い話で夜を更かし、帰りには手持ちの金の半分を渡す。渡した金は、一度として戻っては来ない。

恭平が東京で二度目の春を迎えた、或る土曜日の午後。

鉄製の階段を大きく響かせ、荒々しく部屋のドアを開け、暖簾の向こうに顔を隠したままの杉野が、喧嘩でもするように叫ぶ。

「おい、恭平、これまで借りていた金、全部返すぞ。麻雀が打てて、金持ってそうな奴を二人ほど呼べや」

腰をかがめて暖簾をくぐる杉野は、身長が百八十六センチもある。その手には小さなアタッシュケースがある。

「麻雀は四人でするもんじゃろうが、二人呼んでも仕方ないじゃないか」

「何を言うとるんや。恭平がおるじゃないか」

「俺⁉ 俺は、麻雀なんか知らん」

「大丈夫じゃ。今から教えたる。それに、恭平が負けても、儂が勝つけぇ、心配するな」

「……」

「社会に出てからも、麻雀は必要じゃ。ルールは、高校時代にようやったセブン・ブリッジと同じ要領じゃ」

杉野に説き伏せられ渋々階下に降り、家主の電話を借りての連絡で、二人のメンバーはすぐに見つかった。

アタッシュケースと見間違えたのは麻雀牌のケースで、渋谷の古道具屋で三千円だったと言う。炬燵板を引っ繰り返しての超短期麻雀講座が終了せぬうちに二人が訪れ、賽は投げられた。

杉野は、およそ人見知りということを知らない。東京に出てきて丸二年経っても、広島弁が全く抜けず、おまけに早口だ。

「おう、来たか、来たか。おまえら、有り金全部持って来たじゃろうの」

この日も、初対面の上原と山田に対し、まるで旧知の如く声をかける。二人は余りの馴れ馴れしさに瞬時たじろいで警戒し、不安そうに恭平の顔色を窺う。恭平は、黙ってニヤニヤと笑う。

杉野が巻き起こす、こうした光景を見るのが恭平は好きだった。好きなだけでなく、何故だか我が事のように得意気な、自慢したい気分にさえなってくるのだった。

「おい、ボケッと突っ立っとらんで、座れや」

まるで、この部屋の主は俺だと言わんばかりの態度に気圧され、二人はおずおずと腰を下ろす。

「こいつ、杉野言うんや。俺の高校時代の同級生で、陸王の商学部や。何でか知らんが、大学に入ってからサッカー始めて、レギュラーポジションは練習後の雀荘という奴や」

広島弁を遣うのは気恥ずかしく、かと言って不慣れな東京弁を遣う勇気はなく、地理的中間点として関西弁もどきの訛りで紹介する。

「本川、おまえ、麻雀できたっけ」

気弱で神経質な上原が訊いてくる。

「俺が、今、教えた。デビュー戦と言う訳よ。ほいじゃけどの、恭平は何やらしてもシブトイけぇの、おまえらも気ぃつけよ」

早くも牌を掻き混ぜながら、杉野が応える。恭平は河に転がる牌を拾っては、不器用に並べる。

「郷に入りては郷に従えじゃ、ルールはお前らがいつもやっとるんでぇよ。東東《とんとん》回しの完全先づけ、振《ふ》り聴《てん》リーチ無しの、一発ツモ裏ドラ有りのドラはネクスト。七対《ちーとい》は五十符《ごじゅっぷ》リャンハン。レートは……」

郷に従うなどと言っておきながら、結局のところ一方的に杉野が全てを決めて、ゲームは始まった。

上原が起家《ちーちゃ》になり、南家《なんちゃ》は山田、恭平は西家《しゃーちゃ》で杉野は北家《ぺーちゃ》だ。恭平は他の三人に遅れないように打つのが精一杯で、他人の捨て牌を観る余裕など全くなかった。

それでも「ちょっと待て、ちょっと待て」を連発しながら、聴牌《てんぱい》即リーチで二度ばかり上がり、配給原点を少し下回って半荘《はんちゃん》を終えた。杉野は大言壮語した割には大人しい展開で、山田に次いで二位につけていた。

アクシデントは一荘《いーちゃん》目に起こった。

初心者の特性として、平和《ぴんふ》よりも対対《といとい》に走った恭平が親の二巡目。

上原から出た中《ちゅん》をポンし、十巡目辺りに葵《あお》をポンした時、三人が一斉に声をあげた。

「おい、誰や、誰が白を持っとるんや。白を鳴かせたら責任払いで」

「何や。どう言うことや……」

杉野が叫ぶ意味が、恭平には解らなかった。

「あのな、中と葵と白を全て揃えると、大三元と言う役満よ。恭平は親じゃけぇ、四万八千点入る訳よ」

説明を受けても、恭平にはよく理解できない。

その時、恭平の手には北が三枚、白が二枚、西と一筒が一枚ずつあった。

河には白が一枚、早い時期に捨ててある。牌をツモろうと恭平が手を伸ばした瞬間、下家《しもちゃ》の杉野が小さく舌打ちし、その手を撥ねた。

「何や、遅いの恭平。まだツモっとらんかったか」

卓に叩きつけるように手渡された牌は、白だった。訳が解らず驚いて、恭平は杉野を見返した。

「早うせいや、恭平」

杉野は目を逸らせ、不機嫌そうに声を荒げる。恭平は慌てて一筒を切り、河を見て、

（あっ、しまった！）と思った。

残した西は、既に二枚出ており、余すところ西は一枚しかない。

杉野が一筒を切り、上原も一筒を切る。恭平は下唇を噛んだ。山田が牌をツモり、少し間をおいて叫んだ。

「役満が怖くて麻雀ができるか！　通れば、リーチだ」

河に出た西を見て、恭平は両手を押し出すように牌を倒した。

「当たり！」

「えっ、あ〜、白は暗刻《あんこー》か。くっそ、やっぱり大三元か……」

次の瞬間、杉野が大声で笑い、大声で叫ぶ。

「あっはっはっはっはっ。馬鹿たれ、よう見てみぃ。字一色《つーいーそー》じゃ。大三元《だいさんげん》字一色《つーいーそー》じゃ。親のダブル役満、九万六千点じゃ」

「何や、ツーイーソーって、何や……」

首を傾げる恭平を無視して、山田が点棒箱をひっくり返して点棒を数え、その全てを恭平に突き出し、不貞腐れて言う。

「四万二千あるから、五万四千借りだ！」

この半荘もトップを走っていた山田は、一気に沈み、代わって恭平がトップで半荘を終えた。

「ほら、見てみぃ。恭平には気をつけろ言うたろうが」

杉野は、すこぶる機嫌が好い。それにしても騒々しい。誰彼ともなく、冗談とも本気ともつかずに毒づき、下手な駄洒落を飛ばしては一人で笑っている。

その間にも全身でリズムを取りながら、小川知子にタイガース、布施明にビートルズ、そして恭平の知らぬ英語の歌を口ずさむ。

＊

——そもそも恭平と杉野は、歌を媒介として知り合ったのだった。

高校に入学した年の四月下旬。新入生歓迎の遠足があった。たまたま杉野と隣り合わせに座ったバスは、岩国の錦帯橋に向かっていた。

決して美人ではなく、若さも愛嬌もないけれど、揺れるバスの車中で数時間は立ち続けられる安定感ある足腰を保有するガイド。つまり、誰もが座席から背伸びして見ようとはしないガイドの案内に退屈して、恭平は居眠りしていた。

窓側に座り欠伸を連発していた杉野が、突然立ち上がり、天井に頭をぶつけぬよう腰を四十五度に折って叫んだ。

「ねぇ、ガイドさん。誰も話は聞ぃとらんけぇ、何か歌でも歌ってぇや」

マニュアル通りの案内を全く無視されていることに気づきながら、懸命に職務を全うし続けていた彼女は、笑って潔く職務を放棄した。

「ごめんなさい。昔から、天は二物を与えず、などと申しまして、ご覧の通り私は、歌がダメなんです。その点、あなたなら大丈夫でしょう。まず、座高の高いあなたから歌っていただきましょう。皆さん、拍手をお願いします」

笑えない自虐的ギャグと精一杯の皮肉にパラパラと拍手が起こり、その虚無的な音は白けた溜め息の音と交わって消えた。

（それ見ろ。黙って眠っていりゃいいものを、余計なこと言いやがって）

肘掛けに頬杖をついて、恭平は杉野を見上げる。

「よっしゃ、ほいじゃあ、マイク貸してください」

驚いたことに杉野は、辞するどころか嬉々としてマイクを要求し、座席に腰を下ろしながら内ポケットから学生手帳を取り出しページを捲る。

（こいつはアホか⁉　高校生になっての遠足がすでにバカらしいのに、そのバスの中で校歌でも歌おうっていうのか）

わざとらしく腕組みをした恭平は、背中をシートに押し付け、首を捻って、横目で手帳を覗き込んだ。そこには、小さくて下手くそな英文字がビッシリと書き連ねられ、随所にカタカナが付されている。

（この野郎、最初っから自分が歌いたくて、ガイドの邪魔しやがったのか）

Oh, yeah, I'll tell you something
I think you'll understand
………

いきなり歌い出した決して流暢とは言えないタドタドしい英語の曲は、それでも一応の旋律には乗っており、どうやら恭平も耳にしたことのあるビートルズの楽曲のようだ。

しかし、恭平はそのタイトルを知らない。前の席に座っている女生徒の数名が背伸びをして体を捻り、興味深そうに杉野を覗き込む。

右手にマイク、左手に学生手帳を握った杉野は、極端に右肩を上げ上半身でリズムをとりながら、気持ち好さそうに歌う。恭平は、自分が注目されているような恥ずかしい錯覚を覚え、目を瞑る。

「おい、今度はお前が歌えや」

歌い終わった杉野が、肘で恭平の脇腹を突く。恭平は訳もなく顔を赤らめ、次第に憤りが湧き起こり始める。

「何でや。何で俺が歌わんといけんのや。歌いたいんなら、おまえが一人で勝手に歌え」

「ほうか、ほいじゃあ、俺がもう一曲歌おう。何か、リクエストあるか」

「そんなもん、あるか！　歌いたけりゃ、何でも、勝手に歌え！」

組んだ腕に力を入れ、のけぞった恭平の後部から、女生徒の声がかかる。

「杉野くん、『ヘイ・ジュード』歌って」

「よっしゃ！　それでは同じくビートルズ・ナンバー『ヘイ・ジュード』を歌います」

再び、聞き覚えはあるが意味不明のスローな英語の歌が車内に流れ、同調した何人かの女生徒たちが小声で口ずさむ。

置いてけぼりを喰ったような虚無感に襲われ不機嫌になってきた恭平は、幼い頃の同じような出来事を想い出していた。

2

——あれは、担任が大西先生だったから、小学三年生の時だ。

春の遠足の帰りのバスの中、マイクを奪い合っての大合唱が続いていた。マイクが恭平の前の席に座る世良美智雄に渡り、世良は大声で歌い始めた。

加茂の河原に千鳥が騒ぐ

また も血の雨　涙雨
武士と言う名に命を懸けて
新撰組は今日も往く
………

車中は一瞬にして静まり返り、世良は堂々と二番まで歌い終えた。歌い終えた時、その横には担任の大西先生が立っていた。

「小学生が、遠足のバスの中で、そんな歌を歌って、だいたいあなたは……」

叱っている先生のすぐ後ろに立ち上がった恭平は、思い切り手を叩いた。

何人かが呼応して拍手した。

「静かにしなさい！」

先生の一喝で拍手は止み、恭平だけが手を叩き続けた。そして恭平も、次の瞬間手を叩くのを止めた。大西先生の平手が、恭平の頬を叩いたのだ。

学校に帰った恭平と世良は、リュックと水筒を肩に掛け、並んで職員室に立っていた。

並んで小言を聞きながらも、恭平は世良に対し大きな敗北感を味わっていた。

恭平は三橋美智也が歌う「ああ新撰組」を知らなかった。皆の前で歌うこともできず、拍手するのが精いっぱいだった。

目立ちたがり屋のくせに、無知で臆病な自分が情けなくて、恭平は腹を立てていた。

この事件を機に、恭平とは世良は一気に仲良くなった。仲良くなったことで、恭平の世良に対する劣等感はさらに深まった。

終戦から十年経ったが、原爆投下後の広島では未だバラック建ての家が多い時代。遊びに行った世良の家は、立派な門構え、鯉の泳ぐ広い池、五葉松《ごようまつ》や石灯籠を配した庭、全てに圧倒される豪邸だった。

姉弟三人が六畳の部屋に起居する恭平の家とは異なり、兄弟二人それぞれに八畳もある部屋が与えられていた。

恭平の家では、姉が渇望するオルガンさえも高嶺の花だったが、垣間見た広い応接室にはピアノが据えられており、世良はピアノを習っているという。

さらに、世良への劣等感を決定づけたのは、誕生日会へ招待されたことだった。

そもそも誕生日に友達を招待して祝う習慣など、当時はなかった。招待を受け、どう対応すれば良いのか判らない数名の親が相談して、千円程度のプレゼントを持参しようと決められた。それは恭平にとって二か月分のお小遣いに相当する。

迷った末に選んだのは、恭平が欲しかった千五百円もする地球儀だった。デパートの包装紙にリボンを巻かれた箱を抱え、世良邸の応接室におずおずと入った途端、恭平は立ち竦んでしまった。

黒く光るピアノの上には、恭平が抱えた地球儀の数倍も大きな地球儀が鎮座していた。赤面し狼狽する恭平の目には訳もなく涙が浮かび、その場から逃げ出したい衝撃に駆られた。それからの時間は苦痛だけで、用意されたご馳走は何を食べても味がしなかった。

幸いにもプレゼントの品は皆の前では開示されなかったけれど、出来るならこっそりと持ち帰りたいと本気で願い、真剣にその方策を考えたが、思い浮かばなかった。

＊

「ほら、今度こそ、お前の番で」

小学生時代の思い出に浸っていた恭平に、不意に杉野から突きつけられたマイクを、思わず受け取った恭平は、躊躇する間もなく歌い始めた。

加茂の河原に千鳥が騒ぐ
またも血の雨　涙雨
武士と言う名に命を懸けて

新撰組は今日も往く

……

一気に歌い終えた恭平に大きな拍手と、それを上回る笑いが聞こえてきた。落ち着いて聞き耳を立てると、拍手しているのは隣の席の杉野だけで、笑いはそこかしこから起こっていた。

「凄いじゃないか。お前の歌、迫力があったで」

恭平は気づかれないように額の汗を拭い、杉野に向き直った。改めて見る杉野は、恭平の1・5倍近くの長い顔をしており、突き出た額の下の窪んだ細い眼が、思い切り笑っていた。その顔を見て恭平が呟いた。

「誰かに似とるな、お前……」

「誰や、裕次郎か」

「馬鹿か、お前は。あっ、コンバットじゃ。コンバットに出てくる大男のリトル・ジョンに似とるんじゃ」

杉野は、再び恭平の手からマイクをもぎ取ると、低い張りのある声でリズミカルなハミングを始めた。

「パパン、パパンパパンパ～ン、パンパ～ンパ、パパンパパ～ン……」

それは、毎週水曜日の夜に聴く人気テレビドラマ、「コンバット」のテーマ曲だった。

＊

十時過ぎまで続いた麻雀は、杉野と恭平の圧勝に終わり、上原と山田は不機嫌に金を置いて帰って行った。二人はその金で、遅い贅沢な夜食を共にした。

「あの白は、イカサマじゃろう」

「いや、儂はイカサマはせん。イカサマは絶対にせんが、よう間違える」

「間違える⁉　わざと間違えるのか。モノは言いようじゃの」

「いや、モノは考えようじゃ。振り込んだ山田にとっては、好い教訓になり、上がった恭平には、甘い誘惑になるかもしれん」

「教訓と誘惑。どっちに転ぶか、答えを出すのは本人次第って訳か。まあ、取り敢えずは美味いモンが食えて、良かった、良かった」

杉野の手助けにより、初っ端から親のダブル役満をモノにした恭平は、杉野の予言通り麻雀に夢中になるだろうと予感した。そして、この予感は見事に的中した。

絆創膏

1

新宿紀伊國屋のエスカレーターの横に立ち、恭平は横断歩道の信号と腕時計とを交互に見ては深呼吸を繰り返していた。

普段は気にも留めない鈴屋の鐘が鳴るたびに、恭平の気持ちは後退りしていく。

まだ、約束の時間には間があるが、恭平は不安だった。

果たして、来てくれるだろうか。来てくれたら何処に行き、何を話せばいいのだろう。

そして、次に会う約束ができるだろうか。

池田淳子《じゅんこ》とのデートは、今日が初めてだった。

＊

――二週間前。

国立競技場にサッカー日本リーグ東洋工業対三菱重工の試合を観に行った恭平は、鯉城高校サッカー部の一年後輩である関沢と偶然に出会った。

独りきりの恭平に対し、関沢は三人の女性を連れていた。石原智子、亀崎理佳、池田淳子と紹介された三人は、広島女学園の同級生で、それぞれ東京の違う大学に通っていた。

中学生の頃から恭平は、広島女学園に対し敵意に近い感情を持っていた。

家柄、財力、知性、容姿などの自分が欲しても得られない全てを、何の苦労もなく当然の如く保有する人間に対し、恭平は軽い敵意を抱く。劣等感と言い換えることもできるこの感情は、男性に対する以上に女性に強い。

そして、女性に対し一度感じた劣等感を覆す術を、恭平は知らない。

しかし、試合観戦後、三人の女性と別れた恭平は、関沢に対し池田淳子を紹介するよう命令口調で懇願した。三人の中で唯一、池田淳子には恭平が敵意を抱く広島女学園特有の空気が感じられなかった。

「うん、えぇよ。淳子さんはえぇ女性じゃけぇ、本川さんとはお似合いじゃ思うよ。その代り本川さん、僕の相談に乗ってぇや」

快諾した直後、今度は関沢の方が哀願口調でポツリポツリと語り始めた。

元はと言えば、関沢と石原智子とは小学校時代の同級生だったそうだ。彼女が広島女学園に進んで中学は別になったが、関沢と石原智子は一緒に遊んでいた。

そんな時、石原智子は決まって仲の良い亀崎理佳や池田淳子を連れて来た。そうするうちに徐々に関沢は亀崎理佳に惹かれていき、二人だけでも会うようになった。

そんな関係に気づいていながら、石原智子は依然として関沢に好意を寄せている。今も関沢は石原智子に対し未練を感じており、どうしたら良いか悩んでいる。

要約すればこれだけの内容を、関沢は酷い広島弁で時間を掛けて語った。

「成程ね。いわゆる三角関係か。で、俺は、お前がただ一人見向きもしなかった池田淳子に一目惚れって訳か。三角関係など知ったことか。とにかく池田淳子を紹介しろ！」

恭平は、一度会っただけの池田淳子の住所を聞き出し、呻吟《しんぎん》しながら手紙を書いた。

＊

ここに一人の間の抜けた男がいる。

男は、決して強い男ではなく、むしろ寂しがり屋だ。

寂しがり屋の男は、一人でいることに耐えられず友を求め、男の周りには、やはり寂しがり屋の男たちが集まった。

男は、決して思慮深い人間ではなく、むしろ直情径行《ちょくじょうけいこう》な人間だ。
直情径行な男は、そのためにいつも性急な失敗を繰り返し、
友に多くの笑いを提供してきた。

男は、決して勤勉な人間ではなく、むしろ怠け者だ。
怠け者の男は、何をするのも億劫に感じながら、
ジッとしていることに耐えられず、常に忙しく動き回っている。

男は、決してペシミストではなく、むしろオプティミストだ。
オプティミストな男は、真のオプティミストこそが、真のロマンティストであり、
実はセンティメンタリストであるというパラドックスを信じている。

また男は、決して優等生ではなく、間違いなく劣等生だ。
劣等生の男は、優等生達を前にして言った。

「お前達はなぜ、小さな賢者になろうとするのだ。俺は大きな愚者に成りたい」

とにかく男は、優秀な点の少ない人間である。

そんな男が、人生をこう考えている。
「人の一生は、邂逅の重なりだ。
右に転ぶか、左に曲がるか、瞬時の些細な選択が人生を大きく変える」
男は自分の一生を美しく開花させ、豊かに実らせるため、
訪れ来る邂逅の一つ一つを大切にしようと思う。
そして今、男は新たな邂逅を得た。
男は、この素晴らしい出逢いを真剣に育ててみたいと思う。
そうすることで男は、己の誠意の限界を知るだろう。
そして女性は、この男を知ることにより、きっと数え切れぬ笑顔を得るだろう。
男には、そうしてみせる自信と自負がある。

男は、このように強い自惚れを持っている。

一方で、同じ程度のはにかみも合わせ持っている。
僕は、この男が好きだ。
それは、この男が僕自身であるという宿命的事実に起因するだけではない！
と思うのだけれど。

確かに優秀な点の少ない僕だけど、直感力だけには些かの自信がある。
あなたと僕は、きっと上手くいく。
僕は、あなたに懸けてみる。
今週の土曜日、午後三時。
新宿紀伊國屋一階のエスカレーター横。
あなたとの再会に胸をときめかせて、僕は立っている。
あなたも、僕に懸けてみないか。

2

約束の時間を十分過ぎた。恭平は後悔し始めていた。

（一度しか会っていないのに、手紙一本で返事も聴かず誘い出すなんて、強引過ぎたかも知れない。せめて時間の都合くらい、訊いておけば良かった）

気を静めようと、大きく深呼吸して胸を膨らませた時、高野フルーツパーラーの前を駆けて来る池田淳子の姿が見えた。

（やった！　来た！）

吸い込んだ息を慌てて吐き出し、動物園の熊みたいに恭平は訳もなくその場を徘徊した。

淳子は中村屋の角の信号で止まり、荒く肩で息をしながらこちらを眺め、恭平の姿を探しているが、まだ気づかない。

歩み寄るべきだろうか、さり気なく待つべきだろうか、躊躇している間に信号は青に変わる。

淳子は勢いよくダッシュして横断歩道を駆け抜け、恭平を無視して通り過ぎる。

呆気にとられた恭平は、首だけを回して目で追いかける。立ち止まった淳子は、辺りを見回し腕時計を見る。その表情が、今にも泣き出しそうに曇る。

恭平は一度柱の陰に隠れ、目を大きく見開き口角を上げて笑顔をつくり、淳子に向かってゆっくりと歩き出した。

「こんにちは。本川恭平です。今日は無理を言って、ゴメンなさい」

伸びた背筋。余裕のある表情。張りのある声。簡潔な挨拶。会心の出来だった。

翳っていた淳子の表情に光が差し、笑みが生まれる。

「ゴメンなさい。遅れてしまって、授業があったんです」

「いや、僕の方こそ、勝手なことを言って、本当にゴメンなさい。もう諦めようかと思っていたけど、来てくれて、ありがとう」

「いえ、だけど、いただいた手紙にはびっくりしました」

「……」

「でも私、前から本川さんのこと知っていたから」

「えっ、僕のこと、知ってたの!?」

「関沢さんがよく話していたから。凄く変わった先輩がいるって」

「関沢が何言ったのか知らないけど、僕は、変わってなんかいないよ」

「でも、貰った手紙だって、変わっていましたよ」

「そうかな、変わっているかな……」

手紙を出してからずっと考え続けてきた予定の台詞を、恭平は全て忘れてしまっていた。忘れてしまった台詞を思い出そうともせず、二人はコートの襟を立て、師走の新宿御苑を歩き回った。歩きながら恭平は、一方的に喋りまくっていた。

その内容と言えば、映画や音楽、ファッションなど、およそ女子大生の関心事は一切なく、聞きかじりの退屈なサロン哲学的人生論の断片ばかりだった。

それでも淳子は相槌を打ち、時には愉しげに笑いながら聴いてくれた。

そんな表情を盗み見ながら、恭平は一人悦に入っていた。

（不思議だな。二人きりで話をするのは初めてなのに、いつもの俺みたいにハニカミはもちろん、気取りや気負いが殆ど無い……）

急速に淳子に惹かれていく自分に気づき、恭平は満足していた。

そもそも恭平には、好きな女性の明確な概念やイメージは無く、強いて言葉にすれば、「聴き上手で、話し上手な女性」だろうか。

しかし、これにしたところで、話好きな恭平の願望の一面に過ぎず、特に具体的な女性像を持ってはいなかった。では、女性なら誰でも好いかと言えば決してそうではなく、案外に好き嫌いの激しい、気難しい面もあるのだった。

女性に対した時、まず恭平は直感的に考える。

（この女性と自分は、共に生活できるか、否か⁉）

独り善がりなふるいに掛け、瞬時に、ほぼ半分は不適格と判定してしまう。

一緒に生活できそうな可能性を見出したら、次にその許容期間を考える。

（一日、一週間、一か月、一年、五年、十年……）

最高のキャパシティーは一生だが、短い許容時間としては、一晩だけベッドを共にしたい。なんて虫の好い妄想を抱かせる女性も、稀には存在する。

存在はするが、恭平が勝手に妄想しても、「一晩だけ、ご一緒したいわ」と言う女性はもちろん、「生涯お側に」と言う女性にも、未だ巡り合ってはいない。

ここでも、その期間を定める明確な基準は一切なく、ただ直感頼りの相性診断だった。だが不思議なことに、この直感は時を経て相手を深く知るに及んでも殆ど外れることは無く、恭平は己の直感力を信じていた。

だからこそ、池田淳子の容姿や性格、境遇とかの絶対的な要因ではなく、本川恭平との間に流れる、相対的な波長に満足しているのだった。

そう考えなければ、雅子と淳子、全く対照的で似ても似つかぬ二人の女性に強く惹かれる己の気持ちの整理がつかなかった。

例えば、大股で足早に歩く恭平に対し雅子なら、

「こら、恭平。短い脚でチョコマカと歩くんじゃないの！」と、笑って叱るだろう。

一方で淳子は、息を弾ませながらも黙って懸命について歩くだろう。

恭平はそんな違いを妄想しつつ、会ったばかりの淳子に穏やかな愛おしさを感じ始めていた。


冬の短い日が暮れ、新宿御苑を閉め出された二人は、ジングルベルの鳴る新宿の雑踏を当てもなく歩くうちに空腹を覚え、中村屋でカレーを食べ、淳子を送るため荻窪駅までの切符を買った。そして事件は、荻窪の駅前で起こった。

ダッフルコートのポケットに両手を突っ込んで歩く恭平と淳子は、肩が微かに触れる、程好い距離を保ちながら歩いていた。

前方から四人の酔っ払いが、蛇行し、放吟しながら近づいて来た。擦れ違いざま四人のうちの一人が、左手を伸ばし淳子の胸を撫でて喚いた。

「ちぇ、残念、Ａカップだ」

他の三人が大声で笑った。その笑い声が終わらぬうちに、恭平は淳子の横を擦り抜け、男の後ろ首に力任せに拳を叩きつけた。

「本川さん、止めて！」

淳子が絶叫するのと同時に、恭平は背後から思い切り男の膝を蹴りあげると、男はもんどりうって倒れた。他の三人の男が口々に怒声を上げ、恭平に突進して来た。

体勢を低くして、真ん中の男の鳩尾《みぞおち》に頭突きを噛ませた恭平は、勢い余って一緒に倒れ込み、起き上がろうとする恭平の腰に右側の男が抱き着いて来た。振り解こうともがくうちに、右手を掴まれ動きのとれない恭平の顔を、最初に蹴り上げた男が殴って来た。

クラクラッと目眩がして思わず俯いた恭平は、立て続けに二発三発と顔や脇腹に拳を入れられた。口の中が切れて、血の匂いが鼻をつく。

その血の匂いが、恭平の中に眠っていた凶暴な魂に火をつけた。

「おどりゃ！」

大声を張り上げ、身体を一回転させると背後から腰を掴んでいる男の顔面に膝蹴りを入れる。男は大仰に腰を折り、顔を手で覆った。恭平は容赦なくその手の上から蹴り上げた。男は顔を覆って、仰向けに倒れた。倒れた男の顔と言わず腹と言わず、恭平は踏みつけ蹴り上げた。他の三人がその激しさに竦んだ隙に、恭平は三人に向かい、広島弁丸出しの啖呵を切った。

「よっしゃあ。儂は死ぬ気でやったる。我らもやるんなら死ぬ気で来い」

素面《しらふ》では大人しいサラリーマンなんだろう。倒れた仲間を引き起こすと、反撃の気配すら見せず黙って歩き出した。

四人の影が街灯の明かりから消えた途端に、恭平は立っているのが辛くなり、膝に手を当ててしゃがみ込み、大きく肩で息をした。目の辺りが傷ついているようで、視界が狭く感じられる。ふらつく恭平を淳子が抱き抱える。

情けないことに淳子を送ってきた恭平が、逆に送られる羽目になった。

3

下宿に帰り門を入った処で、大家の橋本さんの奥さんに出会ってしまった。

お人好しでお節介で話好きの橋本さんの奥さんとは、妙に馬が合い、いつも冗談を言い合う仲で、経済的ピンチに陥ると、夜半勝手に橋本家の冷蔵庫を開けて貯蔵品を無断拝借し、翌朝の橋本家の食卓をパニックに陥れたこともある。

そんな奥さんに、初めてガールフレンドを連れてきた照れ隠しと、顔の傷で余計な心配かけまいと、恭平は精一杯おどけた調子で淳子を紹介した。

「橋本さん、この方が僕の最愛の女性です。今後とも、よろしく」

「あらっ、じゃあ、あなたが噂の雅子さん。いつも本川さんからオノロケ聞かされてましてよ。どうぞ、ゆっくりなさって」

「あの、橋本さん……」

「何よ。照れてんの、嫌ぁね。あら、どうしたの、その顔。喧嘩でもしたの。本川さんて、案外に弱いのね」

「いや、傷はどうでもいいけど、あの、この女性は……」

「初めまして。私、池田淳子と申します。突然お邪魔して申し訳ないんですが、傷薬と絆創膏お借りできませんか」

「えっ、淳子さん……」

「そうだよ。橋本さんて早とちりなんだから。こちら、池田淳子さん。僕と同じ広島出身で、吉祥寺大学の二年生」

「あら、ごめんなさい。私、てっきり京都の雅子さんだとばかり思って、だって本川さん、ちっとも淳子さんの話なんてしたことないじゃない。あっ、お薬ね。ちょっと待ってね。すぐ持って来るから」

恭平は傷だらけの顔や痺れる足腰よりも、頭の芯がズキズキと痛くなってきた。案の定、傷の手当てを終えた淳子は、それまでとは打って変わった固い表情で詰問してくる。

「京都の雅子さんて、どなたですか。私にもオノロケ聞かせていただけますか」

万事休すと覚悟を決めた恭平は、机の引出しから何十回と読み返した一年近く前の手紙を取り出し淳子に手渡す。手渡しておいて、さり気なく後退して書棚に立ててあるフォトスタンドを、音を立てぬよう静かに倒した。満面笑みを湛えた雅子の写真など見つけられ、これ以上淳子を刺激したくなかった。

真剣に、幾度も恭平の顔と手紙を見比べながら読み終えた淳子は、

「素敵な女性ね、雅子さんて。それで本川さん、どうするの……」と詰め寄った。

恭平は、その手紙をもらって以来、会うことはもちろん音信不通の状態で、所詮自分とは釣り合いが取れていないことなど、懸命に釈明した。

しかし、最後の手紙に、「雅子が結婚するまで、絶対に結婚しない」と書いたことだけは話さなかった。

淳子は恭平に説明を求めておきながら、話に然程《さほど》の関心を持たぬ風を装い、暗い窓の外を眺め、思い出したように時計を覗き、よそよそしく呟く。

「あっ、もう、こんな時間。帰らなくっちゃあ」

「今度こそ、俺が送っていくよ」

同時に立ち上がった二人だったが、恭平は蹴られた足を無意識にかばったせいか、少しふらついた。ふらついて手を伸ばした先に淳子の肩があり、必然的に恭平の顔のすぐ前に淳子の顔があった。瞬間、見つめ合った二人だったが、恭平はつかんだ肩を強引に抱き寄せ、唇を重ねた。

淳子は唇を固く閉じ、身体中を硬直させる。その硬直が恭平にも伝播し、二人はそのまま微動だにせぬ彫像と化した。

しばらくして、恭平の頬を冷たく濡らすものがあった。

「ゴメン……」

意味もなく謝る恭平に、淳子が頭を振った。

「そうじゃないの。さっき、本川さんが喧嘩している最中に、私は感じたの。私は、ずっと本川さんと一緒に生きていくんじゃないかって、直感したの。私のために『死んでやる』って言ってくれた、本川さんを大切にすると決めたの。

私は恭平さんが好きだけど、私は、恭平さんのことを何も知らないから。もしかしたら、恭平さんは、雅子さんの所へ帰って行くかも知れないから。だから、私は、私は……」

淳子の恭平に対する呼び方は、「本川さん」から「恭平さん」に変わっていた。

その想いに呼応するように、恭平は淳子を抱き締める腕に力を込めた。

救急車

1

恭平はしゃがみ込んだままで、一人の少女と対峙している。

撫で肩の少女は髪を三つ編みにし、頭の真ん中で分かれた髪は肩まで届いている。少し吊り上がり気味の細い眉の下に、理知的なブルーの瞳がいっぱいに開かれ、小さく開いた口許からは白い歯が零れている。

四十ワットの裸電球の下では、その白い歯と瞳に映る光の白さが呼応して際立っており、他は全てモノクローム化して見える。

二年近くの間、恭平は殆ど毎日この少女と顔を合わせてきた。そして今では、すっかり少女を好きになっている。

しかし、どんなに少女に語りかけようとも、少女からの応えは無く、少女の声を一度として聴いたことはない。それでも恭平は少女に想いを寄せ、何かと語りかけるのだった。

実は少女は、二年前の都市銀行のカレンダーに印刷された油絵の複製で、左下隅に小さく「おさげ髪の少女・モディリアーニ（1884〜1920）」と記されている。

画鋲で止められてはいるが、カレンダーの四隅は無数の針の穴で破れ、今では画鋲の位置は随分と内側に寄っている。セロテープで押さえられたこともあったようだが、テープは黄ばみ乾いてしまって既に用を成してはいない。

電球の下ではもちろん、日中でさえも色褪せて見える複製印刷からは、絵画本来の色相を推測することは難しい。しかし恭平は、このモノクローム化した複製こそ美術館に展示された原画よりも、ずっと味わいがあると勝手に決めつけていた。


西武新宿線の始発電車が動き始めたようだ。

依然としてしゃがみ込んだ姿勢のままで、恭平は遠くから届くその音を聴いていた。音は右手前方三百メートルから聴こえ始め、正面（少女の背後）を通過し、左手前方二百メートルまで聴くことができた。向かい来る音と走り去る音とが描く、恭平と少女を起点としたこの不等辺三角形に、少し疑問を抱いたけれど、深く考えることは放棄して再び目の前の少女と見つめ合った。

少女は、笑っているように見える。泣いているようにも見える。少女の表情は、季節毎、日毎、時間毎に幾通りにも変化して見えた。剥き出しの尻が冷たくなってきた。

恭平は先ほどから、アパートの便所にしゃがみ込んで用を足しているのだった。

今の恭平はと言えば、これまでになく充足感に満ちた気分でしゃがみ込んでいる。

恭平は、所謂尻の穴の小さな男で、余程気を許した人でなければ少々の便意は我慢する。

その結果、タイミングを逸してしまい、便秘気味になることも間々ある。ことに相手が女性である場合に、その傾向が強い。

「ちょっと、トイレに」

この何でもない一言が、なかなか言えない。意を決してトイレに入れば入ったで、（早く出ないと、妙に思われるんじゃないだろうか）などと余計な考えが先立ち、ついつい焦ってしまい用を足すことができず、トイレから出ると不機嫌になってしまうことさえある。

そんな恭平が、一体どうしたのだろう。

大切な女性を独り部屋に待たせておきながら、悠々と便所にしゃがみ込んでいる。

まるで極上のステーキ二百五十グラムとマッシュポテトを腹いっぱいに食べ、ぐっすりと十時間以上の睡眠を取り、カープが巨人に圧勝した記事の載った新聞を手にした、解放感溢れる日曜の朝のようだ。

（何故、俺はこんなにのんびりした気分でしゃがみ込み、用を足しているんだろう）

今、部屋に独り待つ淳子は、眠っている訳ではない。

「ちょっと、トイレに行ってくる」

それでも少し躊躇しながら声を掛け、布団から這い出した恭平に、

「冷えたらいけないから、カーディガンを着て行って」

顎の辺りまで布団を引き上げながら、思いやりある言葉を返してくれた。そんな淳子は恭平にとって掛け替えのない女性であり、二人にとって初めての夜だった。

そんな記念すべき瞬間に際しての落ち着きと解放感が意外であり、その意外な心情を見い出したことが、恭平をさらに好い気分にしていた。


掃き出しの小窓を通して感じる戸外が、真冬にしては早く明るんでいることに気づき、何気なくその窓を開けてみた。冷たい一陣の風と共に勢いよく粉雪が舞い込み、恭平の尻や頬を襲ってくる。

「雪だ！」

便器に顔をくっつけるように背を丸め、首を捻って覗いた窓の外は、雪だった。隣家との境にある葉の落ちた銀杏の枝も雪を被り、化粧したように華やいでいる。

恭平は小窓から覗く一面の雪を眺めながら、つい先ほどの淳子の白い胸やくびれた腰を想い、身震いをした。

二月の雪の日の朝。恭平の部屋で初めて夜明けのコーヒーを飲んだ二人は、週に一度か二度、必ず会った。会えば決まって抱き合った。

四月、恭平は辛うじて希望する専門課程に進むことが出来たが、相変わらずゼミにも授業にも興味が持てなかった。

2

恭平は広島に帰る度、雅子の異父姉の家に電話を入れては、その消息を訊いていた。

そうすることが雅子の耳に入り、「未練卑屈な男」と侮蔑の念を抱かせても好いと恭平は考えていた。きっと軽蔑しながらも雅子は、恭平の想いが変わっていないことを知り、安堵し優越するに違いないと信じていた。

そうした思惑を秘めた何度目かの電話で、恭平は雅子の婚約を知った。

相手は父親の営む呉服店の取引銀行のエリート行員で、卒業と同時に挙式だと言う。

恭平は、寂しく切なかった。寂しく切なかったけれど、どこか「ホッ」としている自分にも気づき、戸惑ってもいた。

雅子は恭平には重すぎたのかも知れない。雅子の自由奔放さは、恭平の度量では御しきれなかったのかも知れない。幸せにする熱情と自信はあった。その一方で、恭平自身の大切な何かを犠牲にすることをも覚悟していた。

雅子と恭平の関係は、スター女優と駆け出しの監督に似ている。どんなに演技指導をしても、気に入らなきゃそっぽを向かれてしまう。すると新米監督は、脚本のテーマもストーリーの展開も忘れ、唯々諾々《いいだくだく》と女優の美しさや個性を引き出すことに腐心してしまう。

実に情けない始末だが、観衆のどんな大きな拍手よりも、雅子の小さな微笑みが何よりも嬉しい監督には、至極当然なことだった。

一方、脇役に徹する淳子と助監督風情の恭平の関係はあくまでも対等で、そこには上下関係や主従関係は無い。淳子が演技ミスをすれば、恭平は精一杯カバーしようと試み、淳子は恭平が演技指導し易いように配慮してくれる。

雅子と淳子。この二人を、事ある毎に比較している自分に恭平は気づいていた。気づいていながら、それぞれに強く惹かれている自分は、未練たらしく節操のない男だと、軽い自己嫌悪に陥ったりしていた。

それでも雅子の結婚を知り、踏ん切りをつけた恭平は、淳子との将来について真剣に考えようと努めていた。

二年前、僅か二か月で体育会サッカー部を退部した恭平は、大学での目的を見失っていた。目的を持たない恭平は時間を持て余し、麻雀に明け暮れていた。

麻雀は一人ではできない。そこで麻雀の面子を求めるために、恭平は本末を転倒させて二つの会に籍を置いていた。

一つは、勝っても敗けても笑顔を絶やさないサッカー同好会《稲穂キッカーズ》。

グラウンドでボールを追う足技は、体育会サッカー部に大きく見劣りするものの、スタンドに座り結果論としての戦術を語れば、人後に落ちぬ輩との仲良しサッカーで、恭平は多くの友を得た。

入会と同時にレギュラーポジションを獲得した恭平は、フリーキックの全てを任せられ、チームの大きな得点源となり活躍した。そして練習や試合後の雀荘においても、不動のレギュラーとして君臨した。

もう一つは、《広島学生稲穂会》。

全国の稲穂会の中でも活動の盛んなことでは屈指の会は、年に一回、学生ジャズバンドやコーラスグループを広島に招き、音楽祭を開催する。

麻雀のメンバーに加わりたい一心で会に出入りするうち、三年生になった恭平は幹事長に祭り上げられてしまった。

夏の音楽祭の準備は、正月早々にスタートする。会場の確保や出演者の依頼交渉など、春休み前には済ませて新入生を迎える。彼らを何名動員できるかで、成否が決まる。

高校時代、美術と体育と現代国語だけは他人に誇れる成績を残していた恭平は、自ら手を挙げポスターやチケットのデザインを買って出た。


七月に入って間もなく広島に帰省した恭平は、仲間たちとプログラムの編集や広告取り、チケットの販売に奔走していた。

二日間公演の販売チケット総数三千六百枚。その一割近くに相当する三百枚を、恭平は自らノルマと課し、小学校、中学校、高校の同級生やサッカーを通じての先輩後輩知人など、八方に手を尽くしてチケットを捌いた。そこには思わぬ特典があり、恭平は余計に熱心に券を売り捌いた。

――この言い方は正確ではないかも知れない。恭平はかつての同級生や音信不通になっている女友達に手当たり次第に電話を掛け再会を迫った。その格好の口実として「軽音楽祭のチケット」を利用していた。

――これでもまだ正確ではないかも知れない。なぜなら恭平は、初めて会った女性にさえ「軽音楽祭のチケット」販売にかこつけ、蛮勇を奮ってお近づきになっていた。

こうした努力の甲斐あって、恭平は五十名余りの会員の中で断トツの二百八十枚を売り捌いた。本来ならノルマの三百枚は悠々と突破できたはずだが、予期せぬ一週間のブランクが邪魔をした。

この夏、恭平は生まれて初めての入院生活を体験した。

八月上旬――。

プログラムやチケットに掲載する広告取得の目標達成、会員相互の親睦、さらには士気の高揚、など大義名分は数々あるが、早い話が「只酒《ただざけ》」を飲みたい会員総意の具現化で、ビア・ガーデンへ直行。学生にしては過分なチケット売上代金を手にした三十名近くの一行は、夕陽も沈まぬ炎天下、ビルの屋上で気勢を上げげた。

元来アルコールに弱く、おまけに徹夜麻雀明けの恭平は、時間を掛けて一杯目のジョッキを飲み干し、トイレに立った。朝顔に向かいズボンのチャックを下げ、ブリーフの中から縮み上がった恭平自身を指先で引っ張り出し、便器の一点に狙いを定めた。大きな溜め息をひとつ吐き、その吐き出す息と同時に放尿が始まり、ジョッキ一杯相当分を放出して、放尿は止まった

（はずだった⁉）。

次に気がついた瞬間、恭平は病院のベッドに横たわり、白衣の胸のボタンが飛び跳ねそうなソフィア・ローレンを想わせる看護婦に左手を取られ、点滴を受けようとしていた。

その背後には心配そうに恭平を見つめる風を装いながらも、実は物欲しそうに看護婦の胸元を見つめ、ほくそ笑む十名余の緩み切った顔がある。

恭平は、急性アルコール中毒でトイレに倒れ、救急車で病院に運ばれたらしい。

そう言えば、どこか遠くの方でサイレンの音を聞いたような気がする。

「あっ……」

恭平は、慌てて薄い掛け布団の中にある右手をズボンのチャックに運んだ。

チャックは、締まっている。恭平にはチャックを締めた記憶はないから、倒れた時には間違いなく開いていたはずだ。そして、開いたチャックの間から、他人様に誇るほどでない恭平自身が顔を出していたはずだ。その恭平自身をブリーフの中に仕舞い込み、チャックを締めたのは、誰なんだろう。

救急車に乗せてくれた消防署員なら、何ら問題は無い。しかし、フェロモンを撒き散らしつつ点滴の針を腕に固定しようとしている、白衣の天使だったら……。点滴の針を抜き、裸足で逃げ出したい気分だ。

苦悩する恭平の心情など知らぬ看護婦は、飢えた狼の如き学生どもの視線に身を固めながら、事務的に告げた。

「点滴は一時間くらいで終わります。明日は脳波の検査をしますから、お大事に」

看護婦が部屋を出て、その足音が消えるや否や、仲間たちが一斉にベッドを囲んだ。

「良かったな、恭平。俺たち毎日、見舞いに来るからな」

「音楽会のことは心配しなくていいぞ。ゆっくり治せ」

口々に囃し立てられる程に、恭平はチャックを締めたのは誰かが気に掛かり、溜め息を吐いて目を閉じた。

翌日から検査の連続で一週間入院したのだが、案外に退屈はしなかった。

取り分け気分を良くしたのは、土曜日の午後。

恭平の異変を聞きつけた新旧老若ガールフレンド九名が、病室で鉢合わせした。

(二人三人と連れ立って来た者もいるから、正味は知れているけれど)

二人部屋を占拠していた恭平だったが、女性たちの発する化粧と汗と体臭に辟易としながらも思い切り鼻の下を伸ばし、一人一人の顔を均等に見ることで不要な誤解を避けながらも、不名誉なアクシデントを面白おかしく話して聞かせた。

「本川さんて、人気があるのね。私、担当変えてもらおうかな」

潮が引くように女性群が帰った後、病室に入ってきたソフィア・ローレン嬢から意味深な言葉を聞かされた恭平は、慌てて否定しつつも、さらに鼻の下を伸ばし安堵していた。

（どうやらチャックを締めたのは、この看護婦ではなかったようだ）

退院の朝、恭平は、ソフィア・ローレン嬢への招待券プレゼントを忘れなかった。

3

気の早い客が列をつくり始め、開演まであと一時間という軽音楽祭当日。

「おい、今年の幹事の紹介、誰がやるんだよ」

「本川にやらせろよ。あの野郎、一番忙しい時にベッドに寝転んで、ボインちゃんと好い想いしていたんだから」

誰かが言い出し、誰もが同意して、幹事紹介を幹事長の恭平が受け持つことになった。

一万人を前にしてのサッカー試合に臨んでも上がることはなかったし、人前で喋ることも苦にはならない恭平だったが、こうした経験は初めてだった。

初めてだったが「見栄っ張り」の恭平は、今日来場するであろう多数のガールフレンドたちを驚かせ、好意を持たせてやろうと奮い立った。ボールペンとメモ紙を手にした恭平は、忙し気な仲間たちを尻目にソファーに座り込み、ペンを走らせた。

客の入りは上々で、ダンモ（＝モダン・ジャズ・グループ）の演奏で幕が開いた。

その軽快なリズムと大きな拍手が、ロビーにまで流れてくる。一方の恭平は時間が気になり、焦るほどに頭は空回りして気の利いた言葉が浮かんでこない。

「本川、あと十分だ。そろそろ楽屋へ行こう」

副幹事長の岸本が呼びに来た。

「あっ、あぁ、幹事紹介の持ち時間は十五分だったよな」

「そうだよ。余り恥かしいこと言うなよ」

「うん、まぁな……」

恭平は次第に自信を喪失していく自分に、どうしようもない苛立ちと、気軽に引き受けてしまったことへの軽い後悔を覚え始めていた。

（十五分間も、退屈させずに紹介を続けられるだろうか、断れば良かったかなぁ。折角、好い線いっていた女性たちに逃げられないかなぁ。あぁ、俺の方こそ逃げ出したい）

大きく溜め息を吐いて天を仰ぎ背伸びをした恭平は、目の前に淳子の微笑む姿を見つけた。

「おぉ、来てくれたか」

「何しているの、そんな処で」

「いや、幹事紹介の司会をやるんだけど、上手くやれるかどうか、自信が無いんだよ」

「大丈夫よ。恭平なら、きっと上手くいくわよ。私も応援しているから、頑張って」

「そうかな、上手くいくかな」

「大丈夫。私、手が痛くなるほど拍手するから」

「そうか、淳子が拍手してくれるのか。じゃあ、ちょっと頑張ってくるわ」

恭平は、例え失敗して笑い者になっても、淳子だけは逃げたりしないことを確信すると少し落ち着いた気分になって、勢いよく立ち上がった。


紹介する九人の幹事と簡単な打合せを済ませ、恭平は舞台の袖に立った。薄暗い客席に多くの顔が並び、場内は幕間の休憩でざわついている。

恭平は舞台の袖に隠れ、一人一人幹事を緞帳《どんちょう》の前に登場させて紹介を続け、最後に恭平が舞台に立つ、という筋書きを目論んでいた。

紹介の行われる緞帳の裏では後半に備え、ダンモがチューニングを繰り返している。

「ご来場の諸君、ご静粛に願いたい」

低く張りのある、落ち着いた大きな声で、恭平は第一声を発した。

（淳子に言わせると、この第一声だけが上ずって聴こえたと言う）

この第一声で度胸が据わった恭平は、同じ台詞を少しトーンを落として続けた。

「ご静粛に願いたい。

ただ今より、稲穂大学広島学生稲穂会、幹事の紹介を行いたいと思う。

なお、これからの紹介は全て、ノンフィクションであり、登場する人物の名は、全て本名である」

意外なほど容易に、笑いが起こることに気を好くした恭平は、薄明りの客席の一人一人の顔がはっきり見えてきた。

「副幹事長、猫田和彦。

このまとまりのない男たちの中で、この男が特別優れていた訳ではない。

ただ背が高く、炊事、洗濯、掃除を得意とした。それだけのことである。

想像していただきたい。この男が背を丸め、涙を流しながら、玉ネギを切る姿を。

この男の調理法が、またユニークである。

塩胡椒を少々、味の素をたっぷり振り掛け、さらにパンシロン顆粒を加えると言う。

慎重な男である。この慎重さが、幹事長を助け今日の音楽祭を成功させてくれた。

副幹事長、猫田和彦。法学部三年、入船高校出身である」

舞台中央に立ち、深々と一礼する猫田に、右手から登場した女性が花束を手渡し、再度大きな拍手が起こる。

(こりゃあ、案外いけるぞ)

その気になってきた恭平は、自分の声が次第に艶を帯びてくるのを実感していた。

「同じく副幹事長、岸本信雄。

この男とて、何の取り柄が有ろうはずがない。

背も然程高くなく、炊事、洗濯、掃除を大の苦手とし、嫌がった。

想像してやっていただきたい。この男が、溜め込んだ一か月分の下着を洗う姿を。

一か月分と言えば、誰もが山のような洗濯物を想像し、顔をしかめるだろう。

だが、この男の一か月分の下着は、パンツが四枚、靴下が五足、シャツが三枚。

それだけである。

不潔なこの男の笑顔は、我々を疲れさせるが、
この男が腹を立てる時、我々は心から安らぐことが出来る。

不思議な魅力を持った男である。

副幹事長、岸本信雄。法学部三年、元町高校出身である」

「会計、宮本芳生！

この男、大した事はない。ただ背が高く、足が長いと言うだけだ。

大した事はない。ただ甘いマスクが女たちに騒がれると言うだけだ。

大した事はない。ただ頭脳明晰で、成績が常にトップと言うだけだ。

大した事はない。父親が幾つもの会社を経営し、将来を約束されているだけだ。

大した事はない。口から出まかせ言ってみただけだ。

会計、宮本芳生。政経学部三年、道修館高校出身である」

この辺りまで来て笑わせ方のコツが掴めてきた恭平は、客の反応を確かめながら適当に間を取り、語調に抑揚をつけ、アドリブを加えては紹介を楽しんでいた。

「総務、三田栄治。

この男、サッカーをこよなく愛した。

稲穂大に進んだこの男は、在京の友を集めチームを結成した。

メンバーが十一名を超えた時、この男は監督を自称するようになった。

監督は、試合に出なくてよい。別に作戦を指示しなくてもよい。

監督の仕事は、ボールの管理と水汲みである。

世間一般では、このような男を監督とは呼ばず、補欠と呼ぶ。

総務、三田栄治。商学部三年、広島学園高校出身である」

徐々に調子を上げて紹介を続け、左手の腕時計に目をやると、すでに十分近くが過ぎようとしている。

(あれっ、まあ、いいか)

恭平は半分開き直って、紹介を続けた。

「庶務、阿部徹。

この男、じっくり見てやっていただきたい。

この日のために買ったズボン。この日のために買ったシャツ。

この日のために磨いた靴。この日のために散髪にも行った。

でも、ネクタイだけは、借りて済ませた。

そうだ、パンツも思い切って花柄を選んだ。

全てが変わったが、この男は変わらない。

今日も受け付けに立ち、十数人の女性に声をかけ、見向きだにされなかった。

庶務、阿部徹。政経学部三年、安芸大学付属高校出身である」

すっかり好い気になって九名の紹介を終えた時、時計の針は優に十五分を超えていた。いよいよ自分自身の出番を前に、恭平は大きな深呼吸をして声を張り上げた。

「幹事長、本川恭平。

この男、実に不器用である。

不器用な男は、女たちからのプロポーズを断り切れず、
多くの女たちを泣かせてきた」

これまでは、名前を読んだ時点で舞台に登場していた被紹介者が現れず、ただ紹介だけが続けられる異変に、客席がざわめき始めたが、恭平は構わず紹介を続けた。

「不器用な男は、音楽祭のポスターやチケットをデザインし、幸いに好評を得た。

そして今、男は、不器用な自己紹介を続けている」


ここで初めて、司会者自身が被紹介者であることが判明し、観客のざわめきが歓声に変わり、会場が一気に盛り上がった。少し間を取って、恭平は声を張り上げた。

「果たして、この自己紹介は好評であろうか。

シャイな男は、胸を躍らせ、足を震わせて、今まさに舞台に立とうとしている。

この男を勇気づけるのは、拍手である。

これまでの誰にも負けない、大きな拍手が欲しい。

ありがとう、ありがとう。サンキュー・ベリー・マッチ。

絶大なる拍手に応え、今、ボクは、舞台に立つ。

幹事長、本川恭平。文学部三年、鯉城高校サッカー部出身である」

恭平は自分の名を大声で叫び、ボクシングのチャンピオンのように高々と両手を上げ、舞台に出た。

これまでの全てを上回る大きな拍手と歓声、そして数多くの掛け声が飛び交った。

「ヨッ、本川！」

「待ってました、恭平！」

「酒飲んで、便器で頭打つなよ」

「ズボンのチャックが、開いてるぞ」

掛け声は徐々に野次に変わり、楽屋落ちしていく。それら一つ一つの声の主を聴き分けている自分に満足し、その満足は余裕を生んでいく。

花束を渡す元木幸子は小学校の同級生で、子供の頃から「のど自慢荒らし」の異名を持つ有名人で、短大時代には既にプロ・シンガーとして活躍。そのステージ衣装でもある真っ白なミニのワンピース、ストレートの長い髪、ツバ広の真っ白な帽子を被っている。

対する恭平は、およそ夏には似つかわしくない学生服姿。

学生服に身を包んだ恭平は、スーツやブレザー姿で並ぶ九人の幹事を背に、中央のマイクの前に立った。

「本日は……」

恭平がマイクに顔を近づけ、挨拶を始めようとした瞬間、場内呼び出しが始まった。

「お呼び出し申しあげます。己斐中町三丁目の河野様、お友達が正面受付で……!?」

アナウンスしているのは放送研究会に入部している新入生の佐々木智恵美だが、何かの手違いで場内放送してしまい途中でミスに気づき、絶句してしまったようだ。

挨拶の中断を余儀なくされた恭平は、欧米人の真似をして大仰に腰の辺りで手を広げ、ゆっくりと肩を持ち上げた。

場内が騒然とざわめき、笑いが捲き起こった。

「だから……」

恭平の発声で、どよめきながらも客席の目と耳が、再び恭平に向けられた。

「だから、女性って、苦手なんだ。ボクへの拍手に嫉妬して、子供みたいに邪魔してる。でも、ホント、女性って、可愛いよね」

先程の自己紹介よりも大きな拍手と笑い声が、恭平に向けられた。

「改めて、本日ご来場の全ての女性に、心からお礼申し上げます。本当にありがとう。そして、素敵な女性たちのために、なけなしの財布を叩いてチケットを買ってくれた、全ての男性にお礼申し上げます。見栄張ってくれて、本当にありがとう！」

深々と頭を下げ、花束を手に舞台の袖に下がった恭平は、まるでサッカーの試合で決勝ゴールを決めた瞬間のような、達成感に満ちた興奮を覚えていた。

紹介された幹事の面々が、恭平の頭や肩や背を叩きながら、声を掛けてきた。

「勝手なことばかり言いやがって」

「自分ばっか目立って、いいカッコだもんな」

「おい、明日はもっと誉めろよ」

口ではぼやいて見せても、彼らも充分に満足していることは明白だった。

彼らから投げかけられる言葉と、満足気な表情は恭平の自尊心を増幅させた。

正式に場内呼び出しを終えた放送研究会の佐々木智恵美が、中二階の放送室から降りてきて、泣き出しそうな顔で恭平に詫びた。

「ごめんなさい。私がうっかりして、折角の紹介を台無しにしてしまって……」

「好いんだよ、気にしなくて。あの呼び出しが無かったら、俺は調子に乗って、もっと喋っていたかも知れない。それでなくても、予定時間はオーバーしてたんだから」

事実、十五分の予定時間を大幅に超えてしまい、進行担当の阿部は、紹介を終えるやダンモのマネージャーの所へ跳んで行き、曲数の削減を申し入れていたのだった。

「だから、ホント、気にしなくていいんだよ」

恭平の慰めに佐々木智恵美は、やっと笑顔を見せ上気した顔で言った。

「でも、私、ビックリしました。本川さん、サッカー部だったんでしょ。なのに、あんなに上手に司会するんだもん。私、自信なくしちゃった」

「そんなことないよ。だって俺、今日みたいな司会、初めてだから、どうなることかと脚が震えてたんだよ」

「嘘でしょ。本川さん、とっても落ち着いていたもん」

つい今し方まで、泣き顔で詫びていた佐々木智恵美が、もうぞんざいな言葉遣いになっていることに、恭平は微かな抵抗を覚えながらも、

（目立たないけど、この娘も案外に好い娘だなぁ）

などと値踏みしている自分に気づいた。

（最近の俺は、まるで全世界の女性に媚びを売るドン・ファンみたいに、物欲しそうな顔をしているに違いない）

そう自戒しながらも、佐々木智恵美の瞳の奥を覗き込んでいた。

舞台裏から通路を通って正面玄関に回った恭平は、受付に屯《たむろ》す仲間たちからの視線を無視した風を装って通り過ぎた。その背に一年生の落合が声をかけてきた。

「本川さん、案外に面白かったですよ。人間やはり、何か取り柄ってあるんですね」

「馬鹿野郎。俺は普段から、『才能が学生服着てる』って言われてるんだ」

自分でも意味不明の照れ隠しの台詞を吐きながら仲間の輪の中に入り、それとなく称賛の言葉を引き出しては謙遜して見せ、一人悦に入っていた。

「やあ、君か。さっき司会やっていたのは。なかなか、やるね。君、サッカー部だったんだって。ちょっと頑張れば、俺みたいな人気アナウンサーになれるかもよ。でも、ＱＣＣには来るなよ。俺の番組取られたりしたら困るから。はっ、はっ、はっ」

「あのぅ、どなたですか⁉」

「あれっ、君、俺を知らないの。木偏にホワイト、柏原武彦だよ。困るなぁ、君らの先輩だぜ」

「あっ、そうでしたか、失礼しました。ボク、本川恭平っていいます。でも、余り乗せないでください。ボク、乗り易いタイプだから、すぐその気になっちゃうんです」

「いや、本気、本気。君、才能あるよ。あの呼び出しミスのアドリブなんて、さすがの俺も舌巻いちゃったよ」

恭平はこれまでアナウンサーになろうなどと考えたこともなかったけれど、考えてもいいな、などと思い始めていた。

夏休みを終え、東京に帰った恭平は、新宿にあるＴＢＳ放送学院の願書を取り寄せた。取り寄せはしたが、入学金の高さに驚き机の引き出しに永眠させた。

書棚

1

《広島学生稲穂会》は、その名が示す通り広島出身者で構成されており、殆ど全員が広島カープのファンだ。故郷から遠く離れる程にカープへの愛着は増すようで、何ら憚ることなく広島弁で、「弱小球団」カープについて語り合えるのが魅力だった。

他方、サッカー同好会《稲穂キッカーズ》は、全国から多士済々《たしせいせい》の顔ぶれが集まり参じ、サッカーへの向き合い方も各人各様ながらも愉快な集団だった。

仙台出身の小島努は、現役入学で恭平より学年は一級上だが、年齢は一歳下だった。三年時にはキャプテンを務めた好人物だが、時に気に入らぬことがあると子供のように駄々をこね、口を尖らせてブツブツと自論を展開する。その仕草を面白がった恭平が揶揄すると、さらに顔を紅潮させムキになって反論した挙句に拗ねる。

そんな時、決まって仲裁に入るのが副キャプテンの大川泰郎だった。

普段は茫洋として目立たないが、チーム内で意見が対立した際には、気張ることなく控えめに仲裁役をこなし、リーダーシップを発揮した。聞けば、富山では名の知れた企業の御曹司らしく、下宿やアパート住まいの学生の中にあっては珍しく、親から3DKの分譲マンションを購入してもらい妹と二人で暮らしていた。

二歳年下ながら同級生の中田久雄や寺崎慎一は稲穂学園高校からの進学組で、地方出身者とはもちろん、どこか他の東京育ちとも異なる雰囲気を漂わせていた。彼らから見れば恭平は地方出身者の中でも異質の存在のようで、何かと興味深く話しかけられていた。

同じ東京出身者でも異彩を放っていたのが、二級下の坂本英三郎だった。

父親は外交官を務め海外生活が長く、流暢なドイツ語を操る一方で日本語は片言という変わり者。日本サッカー協会からその語学力とサッカーの知識を買われ、ドイツ人コーチが来日した際には通訳を務めたりしていた。

そして、何故か気が合ったのが二歳年下で学年は一級下の京都出身の山上《やまがみ》退介だった。サッカーは下手糞ながら熱心で、酒と麻雀とお喋りが大好きな山上は、およそ女性には縁遠かった。恭平の下宿と山上のアパートは、西武新宿線を挟んで位置しており、二人は雀荘やグラウンドで顔を合わすだけでなく、中井駅周辺で一緒に飯を喰ったりしていた。

授業はあるが練習のない、或る昼下がり。

恭平と山上は、稲穂キッカーズの溜まり場「稲穂文庫・茶房」に集い、麻雀同好の士が四人を超えたところで、もう一つの溜まり場「西北荘」に移動した。

他の三名が下級生であることに瞬時悪い予感を覚えた恭平だったが、この日はツキにツキまくって勝ち続けていた。そうしているうちに次々と仲間が増え、隣の卓でもポンチーが始まり、背後にギャラリーも増えた。

親になった恭平がサイコロを振り、配牌《はいぱい》を観て絶句した。字牌《じはい》と端牌《はしぱい》が十種十牌《じゅっしゅじゅっぱい》。国士無双《こくしむそう》の役満に三向聴《さんしゃんてん》。手が震えそうになるのを懸命に抑え、小さく深呼吸しながら二萬《りゃんわん》を切った。次いで四萬《すーわん》を自摸《つも》切りし、九萬《きゅうわん》を積もって八索《ぱっそう》を切った。さらに七萬を自摸切り。次に白を積もって、一向聴《いしゃてん》だ。六巡目に南を積もり、国士無双十三面待ち聴牌！　恭平は迷わず三索《さんそう》を切り、立直《リーチ》。間髪おかず南家から、發《はつ》が出た。

「ロン！」

恭平は叫ぶと同時に、勢いよく椅子から立ち上がった。

「……ロン、ロン」

少し遅れて、北家の山上が左手にコーラの瓶を持ち、右手人差し指を上下させながら、小さく呟く。

「何、お前も發が当たりか」

「いや、發違《ちご》て、本川さんの三索が当たりですわ」

「三索⁉　遅いよ、お前」

「今、コーラを飲んでたさかいに、こなして指さして、当たりや言いましたやんか。なぁ、濱田」

後ろから戦局を観ていた濱田に同意を求めれば、濱田は申し訳なさそうに頷く。

「私、二巡前から三六九索《さぶろうきゅうそう》で、聴牌してて。ほら、九索やったら一気通貫《いっきつうかん》で満貫《まんがん》やし思て黙聴《だまてん》にしといたんですわ。立直《りーち》しはったし、平和ドラ一の二千点やけど、まぁええわ思て当たりましたんや」

大きく溜め息を吐いた恭平は、乱暴に椅子に座り込み背もたれに倒れ掛った。

「ほんで、本川さんは何やったん？」

強引に恭平の手牌を覗き込んだ山上が叫んだ。

「何や、これ！　国士の十三面待ちやんか。親のダブル役満で九万六千点ですやん……。こんなん、立直せえへんかったら良かったのに。直ぐ出ますやんか。国士の十三面待ちで立直する人なんか見たことないわ。立直せえへんかったら、まだ六巡目やし、私も三索なんか見逃してますわ」

恭平が投げ出した千点棒二本も無視して喚く山上の口調が、驚嘆から徐々に侮蔑に変わっていくに従い、恭平の悔恨の念は次第に慚愧の念に変わっていった。

「うるさい！　サッサと二千点仕舞えや」

本音でいえば、タイミング遅れの山上の「ロン」の声を無効として上がりを認めず、自身のダブル役満を成立させたい恭平だった。もし、相手が下級生でなく同級生や上級生だったら、スンナリ二千点を払ったりしなかっただろう。やはり「悪い予感」が当たったのだ。

恭平は、自分が過度に「見栄っ張り」であることを自覚していた。就中《なかんずく》、目下の者に対して、その傾向が強い。年長者を相手の失敗なら、格好悪くても駄々をこね、グズグズと諦めずに抗議するはずだった。

しかし、年下の者にはできるだけ潔い自分を見せたかった。だから、本当は下級生たちに囲まれての麻雀はしたくなかった。つまり恭平は、勝負の勝ち負けよりも見栄を優先しており、見栄を張るためなら、どんな犠牲も払う覚悟を持っていた。

今回の幻の「国士十三面待ち」の立直も、見栄っ張りの成せる業で、次回も国士の十三面待ちを聴牌《てんぱ》ったら、恭平は迷わず立直をするであろうと確信していた。

忸怩たる思いを抱きつつも、大勝して僅かばかりの小遣い銭を得た恭平は山上と二人で、環六沿いに在るスナック「ちぼ」に寄った。

カウンターに並んで座り、ソース焼きそばを頬張る山上と恭平の横では、二人連れのサラリーマンがビールを飲み、大声を上げて話し込んでいた。

薄暗い奥の座席にいた若い男性がジュークボックスに歩み寄り、コインを投入した。

♫あっあん　あっあん　あっあん　あっあん

あなた知ってる　港ヨコハマ

……

聴きなれた一昨年のヒット曲が流れ始め、カウンターの隣に座る二人連れが曲に合わせ、仰々しく真似て大声で歌い始めた。

「黙って聴け！」

奥の座席から罵声が飛んだ。しかし、勢いに乗った二人連れは歌うのを止めない。

♬伊勢佐木あたりに　灯がともる

恋と情けの　ドゥドゥビ　ジュビドゥビ　ジュビドゥヴゥア

……

奥の座席でグラスが壁に叩きつけられ、割れる音がした。恭平と山上は沈黙したまま顔を見合わせた。

カウンターの中のマスターが口許に人差し指を立て二人を制し、歌声は止んだ。

先程の男性より年長で大柄の客が出て来て、入口横のピンク電話のダイヤルを回す。

「儂じゃ。寝室の箪笥の一番上の引き出しの奥にドスがある。それを持って直ぐ『ちぼ』まで来い。可笑しな奴がおるから、急いで来いよ」

電話を切るや、肩を怒らせ、恭平たちに向かい笑みを浮かべて奥の席に戻る。

「おい、何か面白いことが起こりそうじゃの」

恭平は山上に囁き、山上も大きく頷く。

マスターが腰を折り、二人連れの客に耳打ちする。

「あの人たち、本物のやくざですよ。お金は良いから、直ぐに帰りなさい」

表情を一変させた二人連れは、屈み込むようにして席を立ち、恭平たちの後ろを這うように進んで静かにドアを開けて店を出た。

「何や、折角のシーンを期待したのに」

「ほな、私らも、ボチボチ帰りましょか」

軽く舌打ちして恭平が支払いを済ませ立ち上がった瞬間、奥の席からの恫喝が響いた。

「こら！　逃げるんか、お前ら」

「……⁉」

訳が解らず恭平は立ち竦み、山上は腰を浮かせたままで静止した。

奥から出てきたのは三人で、よく見れば間違いなく本物のやくざの風体だった。

「待てって言われたのは、ボクたちですか」

「決まっているだろうが！　お前らの他に、誰がおるんじゃ」

「さっきまで、もう二人おられましたが……」

「歌を歌ったのは、お前らだろう」

「いえ、違います。さっき帰られた方たちです」

何故、敬語を遣っているのか⁉　恭平は己の卑屈さに気づいていなかった。

「やかましい！　他人のせいにするつもりか」

「お客さん、本当ですよ。この人たちは歌ってなんかいませんでしたよ」

マスターが助け舟を出してくれた。

「何、本当か……」

「本当です。電話の後、先程の二人は逃げるように帰られました」

「どうして黙って帰したんなら！」

「いえ、それは……」

「あの、絶対にボクたちじゃありません。だから、ボクたち帰っても好いですか」

三人の顔色を窺いながら、上目遣いに恭平が問う。

「本当にお前らじゃないんだな。くそっ、勝手に帰れ！」

「ありがとうございます。失礼します」

何故、礼を言わなければならないのか⁉　媚びへつらった己の態度に辟易としながらも、平身低頭した恭平と山上はスナックを出てすぐの角を曲がると、一斉に駆け出した。

2

男性整髪剤が相次いで発売され、ヘアードライヤーが男性の必需品になったのは、恭平が高校生の頃だ。

スポーツ刈りの恭平には、どちらも無縁だったけれど、どちらかと言えばバイタリスよりＭＧ５が好きだった。

ＭＧ５が好きなのは、その香りや仕上がり具合のせいでなどはなく、ポスターのモデルが連れた大型犬、グレートデンに魅かれたのだった。

同じように恭平はＣＭの好き嫌いだけで、ブラックニッカよりもサントリーレッド、セドリックよりもクラウンを優位なものと考えていた。

――とは言え恭平は、酒は飲めず、免許は持たず、何よりも金を持っていない。

つまり恭平は何事においても実態を知ることなく、広告に投影されたイメージだけで、商品や企業をランク付けしていたに過ぎない。


高校時代からの友人杉野の就職が決まった。

資誠堂と伊勢越から内定通知を受け取った杉野は、意外にも伊勢越を選んだ。

「何で、デパートなんかに行くんや。資誠堂の方がいいじゃないか」

できることなら代わって資誠堂の宣伝部に入りたい恭平は、杉野の選択が不満だった。

「いや、俺にはメーカーは向かん」

「それなら、商社にせいや。おまえみたいな大男が売り場に立っても仕様が無いじゃろうが……」

「あのな、売り場だけがデパートじゃないんじゃ。これからのデパートはな、商社と同じ機能を持たんとダメなんじゃ。俺は、伊勢越に入ってそれをやる」

熱っぽく語る杉野からは、普段の好い加減さが消え、真剣だ。恭平の意見など、その場の思いつきだから反論できる術もなく、唇を噛んで頷くだけだ。

そして恭平は、この時初めて、なぜ杉野が大学に入ってサッカー部に入部し、辛抱強く四年間ベンチに座り続けてきたかを知り、その深謀遠慮に舌を巻いた
いつだって恭平は杉野を見上げていた。十センチ以上の身長差があるのだから、それは物理的にも仕方が無い。

しかも最近の恭平は、杉野の後ろ姿しか見ていないような気がする。かつては見上げながらも、並んで歩いていたはずの杉野が、今は遥か前方を歩いている。

だのに恭平は追いかけようともせず立ち竦み、見上げて、見送っている。

片仮名を読んでいたビートルズも、ギターを手に流暢に歌いこなす。

恭平の唯一の拠り所だったサッカーも、技術的にはともかく、れっきとした体育会サッカー部員として四年間を全うし、就職活動をサポートしている。

一方で同好会に所属する恭平は、サッカーと麻雀が主客転倒しており、その麻雀さえ杉野には圧倒的に分が悪い。

今、恭平が杉野に誇れるものは、脈略無く貧相な書棚に並んでいる山口瞳と立原正秋と藤沢周平の単行本と文庫本だけだ。作品の趣は異なるけれど、三人に共通する潔さが恭平は好きだっ

た。だから、三人の作品は殆ど全て揃えて読んでいる。

しかし、恭平が傾倒するこの三人さえも、「結局は言い訳ばかりの軟弱者」と、杉野は決めつける。

（軟弱でなんか、あるものか！）

反発しながらも、反論すべき論理と言葉が見つからず、おまけに進むべき道さえも見出せない恭平は、決まって淳子の許に逃げる。

その胸に顔を埋めている瞬間、恭平は柔らかく暖かな風を頬や指先に感じる。

春の陽溜まりのような温もりを知った恭平は、自分が寒さに震えていたことに気づく。

その温もりの中で背伸びした恭平は、四肢の先にまでエネルギーが漲るのを感じていた。

「俺は、何をしている瞬間が一番ハッピーなんだろう……」

子供の頃から恭平は、絵を描くことが好きだった。作文を書くことも好きだった。絵を描いたり文章を書き始めたりすると、寝食を忘れて没頭できた。

出来上がった絵や作文を誰よりも先に見せたいのは、決まって父親だった。父親に誉めてもらう以上の喜びを、未だ恭平は知らなかった。

つまり、恭平が一番ハッピーに感じるのは、「モノを創っている瞬間」だった。

そして、「創った作品に対するリアクションを得た瞬間」だった。

遅れ馳せながら、本気で自らの進むべき道を模索し始めた恭平は、何を生業として生きていくのか、やっと光明を得た。

広告業界、なかんずく企画や制作に興味を抱いた恭平は、当時カタカナ職業として人気の高かったコピーライターを目指すことを決め、コピーライター養成講座に通い始めた。

学校の宿題は殆どしなかった恭平が、コピーライター養成講座では与えられた課題に真剣に取り組んだ。提出した作品の全てが、百名余の受講生の中で常にベスト5の成績を堅持していた。


父親に代わって作品を誉め、モチベーションを与えてくれたのは淳子だった。

「人は、何のために読書するのか？」

文学全集に付録されていた冊子での問い掛けに、三島由紀夫は明快に解答していた。

「若者は、自己弁護のために読書する」

高校生だった恭平は、文脈そっちのけで短絡的に共鳴し、唐突な決意を固めた。

「いつか必ず、小説を書く！」

そして、自問自答を重ねた。

「小説家は、なぜ小説を書くのか？」

独り善がりに得た答えは、単純明快だった。

「読者の存在を信じているからだ！」

小説家と雖《いえど》も、誰も読まないと分かっていたら一行として書かないのではないだろうか。例え己の存命中には無理でも、何時の日にか、必ず誰かに読んでもらえるとの一縷の望みを託しているからこそ、筆を執るのではないだろうか。

つまり、読者の存在こそが、小説家が小説を書くモチベーションなのではないだろうか。

同様に己の一生を一編の小説に例えるなら、やはり誰かに読んでもらいたい、人生を理解してもらいたいと願うだろう。

そして、己の人生に愛読者がいれば、生きることへのモチベーションは高まるだろう。

しかし、書き綴り読み返すことのできる小説とは異なり、人生の情景や場面は瞬く間に消えていき、見逃されてしまう。

そんな儚い人生の愛読者として、両親や家族、友人は大切な存在だろうが、両親は順当にいけば己より先にこの世を去り、己の一生を完読することはできない。

同年配の友人なら完読は可能だが、残念ながら四六時中起居を共にすることは叶わず、飛ばし読みしかできない。

ならば、時間と空間をより多く共有する伴侶こそが、行間の隅々まで読むことのできる最善の愛読者なのではないだろうか。

けれど、結婚の時期が遅くなればなる程、伴侶と出会うまでのページが空白となる。であるならば、幼馴染みこそが最高の伴侶であり、早婚こそが最高の選択ではないのか。

加えて、伴侶を選ぶに際しては、人生という小説の文意を正しく理解でき、行間を読み解くことのできる、豊かな感性と適度の知性の持ち主こそが望ましく、決してルックスは最優先の要素ではない。

翻って見れば、己の人生の愛読者が伴侶であるならば、伴侶が綴る人生の最高の愛読者は己でありたい。そう思えるような伴侶こそを選びたい。

——この稚拙なロジックこそ、浪人時代に受験勉強を忘れて心血を注ぎ構築した、恭平の女性観であり結婚観であり人生観だった。

そして当時、この人生観の根底には佳緒里と雅子の存在があり、二人と離別した今は、淳子こそが唯一にして最高の愛読者だった。

3

三年後期の試験を終えた恭平は、予告もせずに広島に帰郷した。

帰広した恭平は両親を前に正座して、神妙な面持ちで頭を下げ、開口一番に告げた。

「できれば今すぐにでも、池田淳子さんと結婚したいんです」

母親は驚いた表情で目を見開き、何かを言おうと唇を震わせたが言葉にならず、恭平を見つめた目をゆっくりと父親に向けた。

父親は口を「への字」に曲げ、瞬きを繰り返しながら天井を見上げ、視線を恭平の額の辺りまで下げて止め、目を閉じて一頻り黙考するや、おもむろに立ち上がって部屋を出た。

恭平と母親は見つめ合って首を捻り、父親が戻って来るのを待った。

暫く経っても父親は姿を見せず、不審に思った恭平は廊下に出て父親を捜し、トイレをノックしたが返事はなかった。

「親父さん！」

広くもない家中に響く大声で呼んだ瞬間、玄関脇の電話が鳴った。

電話の主は父親だった。

「あっ、恭平君か。私だ。今、ボルドーにいるから、君一人で来なさい」

恭平の父親は、普段は自分のことを「お父ちゃん」と自称し、恭平を「恭平」と呼び捨てするが、少し緊張した時には「私」と自称し、「恭平君」と君付けする。

父親の緊張が伝播した恭平は、歩いて五分ばかりのレストラン・ボルドーまでの距離をいつもより長く感じた。


父親は先程の表情そのまま「への字」に曲げた口を開き、いきなり問うた。

「君は、親を捨ててでも、淳子さんと一緒になる覚悟はあるのかね」

思いがけず唐突で大仰な問い掛けに、恭平は考える間もなく即座に軽く応えた。

「うん。そう思っている」

「そうか、分かった。それで先方のご両親は、何と仰っているんだ」

「先ず、親父さんとお袋の了解を得てから、淳子の親に話そうと思っているので、まだ分からん」

「そうか。それでは、これから伺って、お願いして来なさい」

注文したコーヒーも出ぬうちにタクシー代として一万円札を手渡された恭平は、唖然として天を仰いだ。

（学生の分際での結婚が、こんなに簡単に許されて好いのだろうか……）

これから大事な話があるので伺いたい旨を電話で告げ、恭平はタクシーに乗った。

淳子の家は車で三十分ほどの距離にあり、父親は個人経営の不動産仲介業を営み、同じ建物で母親は美容院を経営していた。その家の数十メートル手前でタクシーを降りた恭平は、どのように切り出せば良いか暫し思案をしたが、自分の両親と同じように真っ向から単刀直入に申し入れようと決めた。

美容院のドアを開けると、母親と若い従業員の他に、全身を白いエプロンに包まれた客が一人、大きな鏡の前に座っていた。

「こんにちは。大事な話があるので、お父さんとご一緒に聴いていただけませんか」

恐縮しながら戸惑い気味に申し入れる恭平に、開けっ広げな声遣いで母親が応える。

「あの人は、えぇよ。私が聞いとくけぇ、話してみんさい」

「いえいえ、本当に大事な話ですから、お二人に聴いてもらいたいんです」

「ほうね。ちょっと、妙《たえ》ちゃん。父ちゃん呼んで来て」

妙ちゃんと呼ばれた従業員が奥に入り、「旦那さん、旦那さん」と連呼している。

暖簾を潜って顔を出した父親は、膝の抜けたズボンに手編みのセーター姿だった。

「父ちゃん、本川君が大切な話があるけぇ、一緒に聞いて欲しいんじゃと」

手にした鋏を動かしながら、世間話でも交わすような軽い口調で伝える。

「あの、できれば、お父さんと、お母さんと、私だけで……」

遠慮がちに、恭平は口ごもる。

「あぁ、大丈夫、大丈夫。妙ちゃんは家族みたいなもんじゃし、このお客さんは子供の頃から淳子のことは知っとる仲じゃけぇ、何を話しても大丈夫よ」

「はぁ……」

大きな溜め息を吐いた恭平は、意を決して告白した。

「淳子さんと結婚させてください」

「うん、えぇよ」

「はぁ……」

母親からの素っ気ないほどの即答に、瞬時、恭平は呆気に取られた。

「淳子が好きなんじゃろ。だったら、結婚してもえぇよ」

「お父さんも、許してもらえますか」

無表情に黙って立つ父親に向かって、恭平は問い直した。

「母ちゃんがえぇ言うんじゃけぇ、えぇけど、淳子はどう言うとるんや」

「もちろん、同意してもらっています」

「ほいじゃが、どうして、そんなに急ぐん。子供でも出来たん」

出し抜けの母親からの問いに、恭平は狼狽しながらも言下に否定した。

「違います。そんなことありません」

「だったら、そんなに急がんでも、取り敢えず同棲したらえぇんじゃないん」

無遠慮な母親の言葉に、一瞬言葉を失った恭平だったが、強い口調で反論した。

「そういうのが嫌だから、けじめをつけたくて結婚したいんです」

耳をそばだてながらも無関心を装って鏡に向かっていた客が驚いて振り返り、恭平の顔をまじまじと覗き込んだ。

「ふ～ん。本川君は案外に生真面目なんじゃねぇ。じゃけどね、ウチには今、結婚式を挙げるお金が無いんよ」

「お金なんか要りません。結婚式は挙げるけど披露宴はしないし、『手鍋下げても』と言いますが、鍋も釜も布団もあるから、結婚するのにお金なんか要らないんです」

両親から同意を得て安堵し余裕が生まれた恭平は、余計な台詞まで一気に捲し立てながらも、自分たちが両親の歳になった姿を想像して、思わず微笑んだ。

(俺が生活力もない息子から、結婚の同意を求められたらどうするんだろう)

(淳子も歳をとったら、母親譲りの肝っ玉母さんになるんだろうか)

4

東京に帰った恭平は、結婚式の申込みをするため大学構内にある稲穂会館を訪れた。

「なるべく早く、できれば三月中に式を挙げたいんですが」

性急に訴える恭平に、受付の女性が落ち着いて訊ねる。

「はい、あなた様は何年のご卒業ですか?」

「えっ、卒業生でないとダメなんですか。未だ学生で、今度四年生になるんですが」

「いいえ、ダメってことは無いんですが、私が知る限りでは例がありません」

「そうですか。じゃあ、ボクが学生として初めての結婚式になるんですね」

「初めてかどうかは判りませんが、披露宴は何名くらいのご予定ですか?」

妙に誇らしい気分になりかけた恭平は、思いがけぬ問い掛けに軽く応じた。

「あぁ、披露宴はしません。学生だから、お金も無いんで」

「披露宴をされなければ、式だけではお受けできませんよ」

「えっ、本当ですか」

学割で、格安に式を挙げることができるだろうと意気込んで来た恭平は、途方に暮れた。

当てが外れた報告を淳子にすると、友人のお姉さんが渋谷学院大学の敷地内にある渋学会館のチャペルで式を挙げ、その雰囲気が素晴らしかったことを教えてくれた。

恭平も淳子も渋谷学院大学には全く無縁だが、念のために確認すると、関係者でなくても、式だけでも大丈夫との返答だった。しかも、外国人神父と三人の聖歌隊まで用意され、予算内でオッケーと知らされた二人は、一気に渋谷学院大学に好感を持った。


披露宴は卒業後に改めて広島で挙げると言うことで、式に双方の両親は出席せず、友人たちを立会人に式を挙げる算段だった。ところが、恭平の母がどうしても式に出たいと訴え、淳子の両親の了解を得て出席を決めた。

そして、もう一人、結婚に反対していた淳子の兄が大阪からの出席を申し出た。

「大切な妹を、どこの馬の骨とも判らぬ若造にやれるか！」

そう喚いているらしい淳子と六つ違いの兄は、東京の工業大学から地元大手の建築会社に就職して土木関係の仕事をしており、無類の酒好きだと聞いていた。会ったこともない酒好きの兄の出席は、恭平にとって新たに生まれた唯一のプレッシャーだった。

挙式直前に大阪から駆けつけた義兄と短い挨拶を交わしただけで、友人二十名弱が参列しての式は厳かに始まった。

片言の日本語で式を司る神父に向かって立つ新郎新婦の背後で、異様な呻き声が起こり、その声は次第に大きくなっていく。

声の正体を確かめたくても振り向くことのできない新郎の恭平は、指輪の交換で新婦と向かい合った瞬間、横目で睨んだ先に呻き声の主である淳子の兄を発見した。

二人の結婚に反対していた兄は、式が始まると同時に泣き始め、間断なく号泣する姿を確認した新郎恭平は、指輪を交換する手を震わせた。

兄の号泣に誘発され、顔をくしゃくしゃにして涙を流す新婦は、美容院で時間をかけて化粧してもらったアイシャドウが無残に崩れ落ち、墨汁のように頬を濡らしていた。

5

京都に一泊し、双方の両親への挨拶を兼ねて帰郷する変則的な新婚旅行を終えた二人は、吉祥寺に新築のアパートを借りた。

六畳一間にキッチンとトイレが付いただけの新所帯には、いわゆる嫁入り道具の類いは皆無だった。家具は従兄が店長をしている日暮里の卸問屋で、傷物の洋服箪笥と整理箪笥、流行遅れの食器棚を破格値でチグハグに買い揃え、電気製品は双方の持ち寄りだった。

「淳子の嫁入り道具は、いつか俺が買い揃えてやるから、今はこれで我慢してくれ」

精一杯の見栄を張り、粋がって恭平が言えば、

「我慢なんかしてないよ。これで充分満足しているもん。自慢じゃないけど貧乏人の娘だから、端から贅沢なんて望んでいないのよ。そんなに物欲は強くないから大丈夫よ」

意に介すことなく恬淡《てんたん》と答える淳子に、恭平は余計に奮い立って言葉を重ねる。

「いや、いつか必ず、最高級の嫁入り道具を買ってやる」

この入れ込みの裏には、淳子の親友である石原智子と亀崎理佳に対する秘かな対抗意識があった。それは恭平の持つ現在のコンプレックスと将来への不安から生じる、闘争心であることに恭平は気づいていた。

同時に、ひと足先に所帯を持った雅子への微かな意地も作用しているとも自覚していた。

「幸せにできるかどうか分からないけど、絶対に退屈はさせない」

プロポーズの言葉こそ無責任で心許無かったけれど、恭平は誰よりも淳子を幸せにする覚悟を決めていた。

潔く大学に退学届を提出し、さっさと赤坂プリンセスホテルに勤め始めた淳子の行動力に目を見張りながらも、恭平が生活のためのアルバイトを始めたのはゴールデンウイークも過ぎた、梅雨の最中の七月初旬だった。

コピーライター養成講座の三分の二課程を終了した時点で、恭平は事務局に就職の斡旋を依頼していた。

そして何社かを紹介してもらったが、恭平が希望するようなマスメディアを媒体として扱う仕事は見つからなかった。それでも諦めず、頻繁に事務局に通ううちに事務局長と恭平は懇意になっていた。

或る夕刻の講座開始前、事務局長から声を掛けられた恭平は、渋谷にある中堅の広告制作会社を紹介された。五十人足らずのこの会社は世間に名の知られた大手クライアントを持ち、テレビ、新聞、雑誌の広告制作を手掛けていた。特筆すべきはコピー部門の責任者で、彼女自身から若手の有望なコピーライターの紹介を依頼されての斡旋だった。

恭平は生まれて初めて履歴書を書き、渋谷に在るウェスト・パブリシティを訪ねた。てっきりビルの一角に在ると思っていたウェスト・パブリシティは、思いがけず古ぼけた木造の洋風建築であることに恭平は驚き、一目でその違和感に惹かれた。

開け放たれた鉄製の門扉を通り玄関を入ると、小学校の教室のようなささくれた板張りの床と雑然とした空間が飛び込んできた。しかし、雑然と感じたのは一瞬で、気持ちが落ち着いてくるに従い、無秩序と思えるオフィスは一種独特の雰囲気を醸しており、恭平は徐々に和んだ気分になってきた。

受付で名前を告げ、玄関横のパーティションで仕切られたスペースの応接ソファーに座って待つと、背が高く、細身ながら恰幅が良く、地肌が見える程の短い髪に、脂ぎった顔で瞬きの激しい、年齢不詳の男性が現れた。

「株式会社ウェスト・パブリシティ　代表取締役社長　西山豊」

差し出された名刺を見て、いきなり社長が出てくるとは思っていなかった恭平は驚いた。

さらに驚いたのは、西山社長が面接に来た恭平の話を聞こうともせず、社長自身の経歴を得々と話し始めたことだった。

博多出身で、東京藝術大学美術学部を卒業し、大手広告代理店萬月社に就職して直ぐに頭角を現し、三十五歳で独立して会社を興して今日がある。クライアントは一流企業ばかりで、代理店を通さない直接取引が主流である。スタッフは若手に至るまで優秀なタレント揃い。特に取締役制作本部長の山影芙希子は萬月社時代の仲間で、コピーライターとしても超一流。その部下として働けるのは千載一遇のチャンスであり、君は実に恵まれている。

西山社長が一気にこれだけのことを喋り、得意気に微笑んだところに小柄な身体に派手なミニのワンピースをまとった女性が、煙草を片手に飛び込んで来た。

「ゴメン、ごめん。寛ちゃんが手間取っちゃってさ～」

「大丈夫だよ。俺が粗方話しておいたから」

「何、喋っていたのよ。また、好い加減な自慢話していたんだろ！」

社長との会話とは思えぬぞんざいな二人の掛け合いを聴きながら、独り善がりに広告制作会社の自由闊達な雰囲気を覗いたような気分になり、既に心は入社に傾いていた。

社長の手から受け取った履歴書を一瞥してテーブルに置き、山影本部長が語り掛けてくる。

「そうか、あなたって、まだ学生なんだよね。でも、学生の身分で奥さんがいるなんて、なかなかやるじゃない。で、いつからだったら働けるの。私は来年の春までは待てないよ。

今直ぐにでも手伝って欲しいんだから」

「今直ぐでも構いません。学校の方は何とかなりますから」

勢いに任せ、恭平は口走っていた。

「本当！　養成講座の事務局長から、あなたの作品を見せてもらって、切り口が面白くって、凄く気に入ったのよ。一緒に仕事できたら楽しそうな奴だなって」

「ありがとうございます。よろしくお願いします」

一時間足らずの面接で採用が決定したウェスト・パブリシティは、二言目には東京藝術大学を卒業したことを自慢する金儲け第一主義の西山社長はともかく、何故こんな実力者がこんな会社にいるのだろう⁉　と首を傾げたくなるような山影本部長と、仕事に対する情熱と能力に見合う仕事と給与に恵まれず悶々とする同年配の若手社員と、与えられた仕事をパターン化して手早く作業としてこなす先輩や上司がいた。

中でも同い年のイラストレーター内海政宗《うつみまさむね》の卓越した才能は、恭平を覚醒させた。

寡黙で群れはせぬが孤立もせず、酒も煙草も嗜まず、麻雀などには見向きもせず、ひた向きにイラストを描き続ける内海の仕事ぶりには、誰もが一目置いていた。

脳にカメラが内蔵されているのではないかと疑いたくなるほど、内海は一度見たものを素早く的確に紙上に再現する。プレゼンテーション用に描いたラフスケッチは、ロケハンをし、モデルを使って撮影した写真よりもリアル感に溢れていた。

そんな才能を世間が見逃すはずはなく、社内外から多くの仕事が持ち込まれ、社業に加えて副業にも追われ、徹夜が続いて遅刻の頻度が増すに従い、内海が稼ぐアルバイト額は給与を大きく超えていった。

或る音響メーカーが新設したレコード会社からプレゼンのチャンスが持ち込まれ、自ら手を挙げた恭平は、イラストを前面に打ち出した企画を立案した。

思いがけず競合他社を押し退けて獲得した仕事は、「スイングジャーナル」誌への毎月四〜六ページのパブリシティを核とした広告展開だった。

毎月の締切に追われながらも、ライナーノーツから拾った言葉を奔放にジャズって綴る時間は愉しく、内海と交わすイラスト案のキャッチボールは遊戯に近い快楽を覚えた。

こうして内海の斜《はす》に構えた人柄に惹かれると共に、描き出す世界観に深く傾倒した恭平は、遭遇する新しい人種と対峙する刺激的な仕事に没頭していった。

その対価として稲穂キッカーズはもちろん、大学の授業にも出なくなり、当然このままでは卒業は覚束ないことに危機感を抱きつつも、徐々に開き直り卒業は半ば諦めていた。

屑籠

1

コピーライターの肩書を得て働き始めた初秋の或る日、友人の結婚式のために上京してきた姉から意外な事実を耳打ちされた。

「雅子さんが離婚して、東京に居るらしいよ」

一か月前、雅子から広島の実家に一葉の葉書が届いた。葉書には、京都を離れ一人で東京に住んでいること、恭平に会いたいこと、恭平の東京の住所を失念してしまったこと、などが記されていたらしい。

そして恭平の父は、雅子宛に次のような返事を書いたという。

*

恭平は三月に学生結婚しました。

今は学業とアルバイトを両立させながら、二人で力を合わせて生活しています。

雅子さんに対する恭平の気持ちは、よく知っているつもりです。

だから今、彼の前にあなたが現れない方が良いのではないか、父として、そう思います。

申し訳ないけれど、暫くそっとしてやってください。

＊

そんな話を、姉は淳子の目を盗んで話し終えた。

聞いた瞬間から、恭平は絶対に雅子に会おうと決めた。会ったうえで、一体何があったのか訊きたいと思った。そして、できる限り力になってやりたいと願った。そう考えるだけで、恭平の身体と心は武者震いした。

雅子の住所は直ぐに判った。京都の家に電話を掛けたら、雅子の母親は親切に郵便番号まで教えてくれた。雅子は恭平のアパートのある吉祥寺からそう遠くない、地下鉄丸ノ内線新高円寺駅の近くにアパートを借りて住んでいた。

次の日、麻雀の誘いはもちろん残業も断って、恭平は雅子のアパートを訪れた。

生来が方向音痴の恭平だが、地図で予め見当をつけた辺りを二周三周して、やっと目指すアパートを見つけた。アパートの前に立ち、不覚にも恭平は涙を零しそうになった。

アパートと言っても鉄筋建てのマンションか瀟洒な建物を漠然と想定していた恭平だったが、雅子が再三口にする現実は、壁は至る所がひび割れ、破れた窓の何枚かはガムテープで補修され、ペンキの剥げた鉄製の階段は錆が浮き出た、まさに老朽化した安アパートだった。あの雅子が、こんなアパートに住んでいるはずがないとの思い込みから、この前を二度ばかり歩いても気にも留めなかったのだ。

アパートの階段に腰を下ろした恭平は、腕組みをして考え込んでしまった。

(大手銀行のエリート行員と結婚したはずの雅子が、何故、こんな安アパートに身を潜めているんだろう。そして俺は、雅子に何をしてやれるんだろう)

全ては雅子に会ってから！　恭平は大きく深呼吸して天を仰いだ。

空には僅かばかりの小さな星が、力無く弱い光を放ち始めている。

(こんな現実はない。雅子は、いつもキラキラと光り輝いてこそ、雅子だ)

それこそが恭平の喜びであり、恭平は雅子を再び眩い存在にするためなら、何だってしたいと考えていた。

最後に雅子と会ったのは、恭平が二年、雅子が四回生の夏だから、すでに二年以上の時が経っている。あの時京都で会った二人は、南禅寺から円山公園まで、蝉の声を聴きながら哲学の道を歩いた。

プロポーションの良さに加え、胸を張って悠然と歩く雅子を、擦れ違う男たちが振り返った。そんな時いつも恭平は、軽い優越感と正体のよく判らない不安を覚えていた。

横断歩道を渡る時、雅子は子供みたいに真っ直ぐ上に手を伸ばし、信号待ちするドライバーに笑顔の会釈を送る。恭平は、何もそこまで愛嬌を振り撒かなくて好いと注意した。

「あれっ、恭平、それってヤキモチ……」

「馬鹿。自惚れるな」

言下に否定したものの、顔が赤らんでいくのをはっきり自覚していた。


十時になっても雅子は帰って来ない。

(もう一時間だけ待とう)

先ほどまでの雅子を気遣う気持ちが次第に薄れ、以前のように雅子の気まぐれに腹を立てながらも、結局は言い成りになってしまう自分に気づき、恭平は苦笑した。

(そうなんだ。これでこそ雅子と俺のバランスが取れるんだ)

溜め息を吐くと同時に頬が緩み、子供の頃、近所のお寺で遊んだ「かくれんぼ」を想い出した。

＊

——日が暮れて、最後の鬼は雅子だった。

恭平は雅子を困らせてやろうと、納骨堂の重い扉を開け奥の台の下に身を隠した。

最初の内こそ見つからないように小さく屈み込んでいたが、辺りが静かになるにつれて心細くなり、

（おい、雅子。俺はここに居るぞ。早く見つけてくれ）

一心に念じ始めた。さらに時間が経ち、念じるだけでなく小さく声を発してみる。

「雅子、何処を捜しているんだ。俺はここだぞ」

返事はない。二度三度と呼びかけ、ついに恭平は立ち上がり、扉をゆっくり開ける。

既に外も、堂の中と同じ闇だ。立場は逆転し、子のはずの恭平が鬼の雅子を捜し始める。

「雅子、雅子。何処にいるんだ、雅子」

泣き出したいのを懸命に堪え、境内を捜し回る。

「もう、俺は、帰るぞ」

家への道を駆け出した途端、涙が水平に流れ出した。

息せき切って家に着けば、恭平の家にも雅子の家にも明かりが点いている。

雅子の家の窓の下に身を寄せると、鬼だった雅子の笑い声が聞こえてくる。

「馬鹿野郎……」

雅子の無責任な身勝手をなじりつつもホッとして、恭平は袖口で涙を拭い鼻を擦った。

*

時計の針は、十一時を指している。恭平は「コピーライター」の肩書が刷り込まれた名刺の裏に、「電話しろ!」と大きく書き殴って、ドアの下から差し入れた。

帰宅した恭平は、訊かれもしないのに、仕事が忙しかったこと、麻雀に誘われ断りきれず遅くなったこと、などを捲くし立てた。

「どうしたの今日は。いつだってそうじゃない」

逆に淳子から不信がられ、藪蛇の言動に動悸が早まる。

翌日、朝から喫茶店にも行かずデスクに張り付いて、恭平は雅子からの電話を待った。

「身体の具合でも悪いのか……」

皆から心配されたが、結果は待ち惚け。

二日続きの残業放棄と麻雀拒否。新宿高野でグレープフルーツを買い丸ノ内線に乗った恭平は、東高円寺を通過する辺りから何度も深呼吸を繰り返していた。

アパートの下に立つと二階の部屋には明かりが点いており、ノックと同時に開いたドアから、暖かな室温と共にシチューの香りが流れ出る。

思わず一歩後退りする恭平の目の前に、雅子の笑顔があった。

雅子の笑顔は瞬時に微妙に変化した。最初は固い作り笑いだったが、次に口を突き出し怒ったような笑い顔になり、終いに泣き出しそうな笑いに変わった。

「馬鹿野郎……」

囁くような恭平の一言で、やっと鼻の頭に皺を寄せた懐かしい雅子本来の笑顔を見せ、チョロッと出した舌で上唇を舐め、小さく声を出して笑った。

「馬・鹿・野・郎」

先ほどよりも大きなな声で、一語一語ゆっくりと呟きながら、恭平はグレープフルーツを差し出した。

「その『馬鹿野郎』だけは、昔から変わらないのね。『あぁ、恭平に会えた』って実感できるわ」

「馬鹿野郎」

三回目の馬鹿野郎は、もう完全な笑い声で、すでに二人の間にあった二年余のブランクは氷解していた。

その日は、必ず恭平が訪ねて来ると確信した雅子は、少し早めに退社してビーフシチューなど作りながら待っていたと言う。

卓袱台を挟んで座った雅子に、恭平は矢継ぎ早の質問を浴びせた。

「雅子、どうして離婚したんだ」

「えっ、離婚。私、離婚なんてしてないよ」

「じゃあ、結婚したくせに、どうして一人で東京なんかにいるんだ」

怒るように問い詰める恭平に、雅子も頬を膨らませて応じる。

「してないわよ。結婚なんか」

「何、結婚していない!?……」


――恭平は、人混みの中を走っていた。走る恭平の目線の先には、雅子がいた。

が、ふと気がつくと、恭平の周囲の人混みが忽然と姿を消し、辺りを見回した隙に雅子までが消えていた。今、恭平は一人だった。道に迷ってしまったようだ。

何処で？　雅子が結婚したと信じた時点で！

恭平の迷いは焦燥に変わり、焦れば焦るほどに身体中から汗が吹き出し、足が前に出なくなった。重い足を引き摺り佇みながら、恭平は途方に暮れてしまった。


絞り出すような声で、恭平は言った。

「でも、異父姉さんが、取引先の銀行マンと、婚約したって……」

「そう、結婚するつもりだったの。結婚するつもりで結納まで交したの。でも、やっぱり、何か違うって気がして、それで、式の一週間くらい前に断ったの」

「断るって、雅子……」

「そうしたら、先方さんが凄〜く怒ったのよ。何てったって、エリートさんだから。でも、私が嫌だって言い出したら聞かないこと、私の両親も先方もよく知っているから。一応、勘当みたいな形で東京に来て、親戚が経営している会社に入れてもらった訳よ。

でも、まさか恭平が結婚しているなんて、思ってもみなかった」

「馬鹿野郎。そりゃあ、雅子が……」

「そうよ。元はと言えば、私が悪いのよ」

「そんな言い方するな。雅子は悪くなんかないよ。で、これからどうするんだよ」

「うん。暫く東京に居て、いろいろ考えてみるつもり」

「よし。雅子の結婚相手は俺が見つけてやる。雅子は、絶対に幸せにならないといけないんだ。でないと俺も幸せになれないんだ。だから、俺の眼鏡に敵った奴と結婚するんだぞ」

「でも、恭平より好い男にしてよ」

「そいつは、ちょっと難しいな……。そうだ、杉野はどうだ」

「杉野って、恭平の高校時代の親友で、背が高くって、顔の長い人」

「そう。あいつは陸王大を卒業して、今は伊勢越に勤めてる」

「へぇ、デパートってタイプには見えないけど」

「そう思うだろ。デパートに入って商社マンみたいな仕事するって言ってたけど、今は、日本橋本店の家庭用品売り場で茶碗やコーヒーカップ売ってるよ」

「ふ～ん。私のこと、覚えているかな」

「覚えてるよ。あいつ、雅子のこと結構気に入っていたから。恭平には勿体ない程、好い女だって」

「……」

「雅子、お前本気で杉野のこと考えてるのか。冗談だぞ。他にも好い奴は、幾らでもいるから心配するな」

「ありがとう、恭平。でも私、大丈夫だよ。恭平がいれば、寂しくなんかないから」

「あっ、そうだ。小学校で隣のクラスだった世良美智雄って、覚えてるか」

「あの、お金持ちで生意気な世良くん」

「そう、そう。あの金持ちで糞生意気な世良だよ。知ってたか。あいつ、ずっと雅子のことが好きだったんだよ。だから、休み時間になるといつも、俺らの教室に遊びに来てたの覚えてるだろ」

「さあ、どうだったかな」

「遊びに来て俺と話をするんだけど、決まって視線は雅子に釘付けだったんだ」

「へ～、知らなかった。どうして教えてくれなかったの」

「教える訳ないよ。あの頃の俺は、世良に対する劣等感の塊だったんだから。世良が雅子を盗み見る瞬間だけが、俺が優越感に浸れる幸せな時間だったんだ」

「……」

「中学生になると雅子が京都に帰ってしまったから、あいつ相当ショックを受けてたよ。

そのせいじゃないけど、あいつ中学時代は結構ワルやってたんだよ。その後、東京の美大に進んで彫刻を学んで、卒業と同時にニューヨークへ行ったんだ。ニューヨークへ行って、広大なアメリカには彫刻の需要も多いけど、国土も家も狭い日本では彫刻よりも絵画の方が需要も高く、商売になると言って、版画の制作に方向転換したよ」

「へぇ、しっかりしているんだ」

「しっかりしてるというより、あいつの場合は打算的って言った方が良いよ。彫刻や絵画は一点ものだけど、版画なら増刷が可能だから金儲けし易いんだよ。そう言えば来月から、伊勢越の日本橋店で個展やるらしいよ」

「まだ若いのに、もう個展やるなんて、凄いね」

「どうせ親のコネと金の力だろうけどな。雅子が会いに行ったら、喜ぶと思うよ」

「ふ〜ん、そうかな」

「まぁ、そんな具合だから、本気になって探せば、いくらでも好い奴はいるよ」

「そうだね。でも、本当に大丈夫だよ。自分で見つけるから」

間に合わせの、不揃いの茶碗や皿で食べた雅子の料理は、どれもが美味しかった。きっとビーフシチューでなく、インスタントラーメンに玉子を落としただけでも、恭平は最高の味と感じるだろうと思った。

家具と言えばファンシーケースだけの雅子の部屋で一時間余りを過ごして、駅までの道を一人で歩きながら、あるいは電車に揺られながら、恭平は考え続けていた。

（半年も前、雅子が結婚していないと知っていたら、俺はどうしていただろうか……）

それは丁度、子供の頃、田舎の祖父から入ることを禁じられていた土蔵の中に、何が入っているのか知りたくて、祖父の目を盗んで鍵を持ち出し扉を開けようとした、あの時の不安と恐怖に似ていた。

土蔵の前に立ち竦んだ恭平は、扉の鍵穴に差し込んだ鍵をそのまま抜いて踵を返した。

子供の頃からの臆病風は、依然として治っていなかった。


吉祥寺のアパートに帰ると、淳子はいつもにも増して機嫌が好く、恭平の好物の広島風お好み焼きの用意をして待っていた。

(淳子と雅子。お好み焼きとビーフシチュー。俺は、どちらも大好きだ!)

独り善がりな恭平の思惑など微塵も知らぬ淳子は、器用にお好み焼きを引っ繰り返し、言葉を掛けてくる。

「恭平、できたみたい」

「できたって、まだ焼けてないぞ、これ」

「違うの。できたのはお好み焼きじゃなくって、私たちの……」

「何! 待て! 待てよ。できたって、俺たちの赤ちゃんか⁉」

「そう、五月には、恭平はお父さん」

「そうか、俺が、親父か……」

（俺の女房は、やはり淳子しかいない。でも、雅子も淳子と同じ程に幸せにしてやらなければいけない、大切な女性だ）

恭平は、雅子の顔色を窺いながら自信無げに歩いていた自分が、急に雅子を追い抜いて駆け出したような気分になり、置き去りにした雅子が不憫に感じられた。

（ごめんな、雅子。でも、いつか、きっと……）

恭平と雅子は、それから一月《ひとつき》か二月《ふたつき》に一度会っていた。しかし、決して雅子のアパートには足を運ばず、会うのは新宿のトップスと決まっていた。

淳子は、日増しにウエストとバストを大きくしての三月下旬、丸一年間勤めた職場を離れた。

2

人気の無い早朝のオフィスは、薄い塵埃《じんあい》が霜のように降り、寒々としている。

誰よりも早く出勤した恭平は、二階の制作本部三十人弱の机の上を拭き、床を掃く。

机の数だけある屑籠のゴミを、大きなビニール袋に纏める。

この時、ひとつの屑籠にだけは手をつけず自分の机に引き寄せておく。

湯沸室のガスコンロに載せられた、薬缶の蓋がカタカタと音を立て、躍り始める。

マグカップにインスタントコーヒーを入れ、湯を注いでデスクに運ぶ。

この一連の作業を終えても、定刻の出勤時間まで優に三十分はある。

先程の屑籠から丸められた原稿用紙だけを拾い出し、丁寧に一枚ずつ皺を伸ばす。

その屑籠は山影ディレクターのもので、原稿用紙には丸っこい独特の文字が書き殴られ、何本もの線が交錯している。ディレクターは恭平に仕事を与えると、必ず自分も同じテーマで何案ものアイデアを用意する。恭平のコピーがいよいよ使い物にならないと、用意したコピーを引き出して恭平に差し出す。口惜しいけれど、ディレクターが片手間に書いたコピーは、恭平が呻吟して書いたものより格段に洗練されている。

こんな時、恭平は、ベンチで味方の勝ちゲームを観ているような気分になる。負けても好いから、試合に出たいと恭平は願う。

ディレクターの投げ捨てた原稿用紙を辿っていくと、アイデアからコピーが完成していくまでの発想の飛躍に驚かされる。原稿用紙を盗み見る作業を二か月も続けると、恭平は広告コピーの制作のコツを少しずつ理解し、ベンチに座る機会も徐々に減ってきた。

上司である山影芙希子は、いつも十センチ近いヒールの高い靴を履いている。十センチ背伸びして、やっと頭が恭平の目の辺りも届く。ハイヒールのせいで、ふくらはぎの腓腹筋はいつも丸く膨らんでおり、見ているだけで疲れを覚えるので、恭平はなるべく目線を逸らすよう努めている。

三十四〜五歳に見える山影ディレクターは、実際は恭平よりも二十歳年上の四十四歳で離婚歴があるらしい。

時折、落ち着いた男性の声で電話が掛かってくる。電話を取り次ぐと、反射的に椅子を回転させて恭平に背を向け、小声で話し始める。恭平は決まって仕事の手を休め、頬杖をついて、その背を眺めている。会話を終え椅子を回して、受話器を置く瞬間に目が合う。普段動じることの無いディレクターが、ちょっとドギマギして煙草に火を点ける。

そんな所作を含めて、ディレクターは素敵な女性だと思っている。このディレクターに仕事で認められるようになるまで、給料に文句も言わず絶対に会社を辞めまいと思う。

この決心が鈍るのは、仕事を終えて雀荘で卓を囲んだ瞬間だ。

ディレクターは麻雀が好きだ。好きだが、下手糞だ。そして、さらに悪いことに、下手を自覚していない。己の力量を知らないから、負けると不機嫌になる。

だから恭平は、時に故意に振り込む。途端に雀躍として、得意気に手づくりの綾などを語り始める。恭平は適当に相槌など打ちながら、腹の中で舌打ちする。そんな気遣いが嫌で、なるべく同じ卓を囲みたくないのだが、ディレクターは恭平を誘う。

「社員同士の麻雀で、負け続ける奴は馬鹿だ。勝ちっ放す奴も同じように馬鹿だ。賢い奴は、勝ったり負けたりのバランスの取れる奴だ」

小心で優柔不断な恭平は、杉野のように断定的な物言いができない。杉野の教えを呪文のように唱えながら、恭平はディレクターと卓を囲む。

山影ディレクターが珍しく麻雀で大勝し恭平が大敗した翌日、恭平は新しい仕事を与えられた。盛永《もりなが》醸造の清酒、福徳誉のラジオＣＭはディレクターの担当で、かねてから恭平が担当したかったクライアントのひとつだった。恭平は、杉野の教訓に手を合わせて感謝した。

ＣＭの訴求対象は、サラリーマン。恭平はターゲットであるサラリーマンを城仕えの武士に見立て、「現代武士考」と銘打って野球のナイター中継に放送するシリーズ案を企画。

声優タレントには鞍馬天狗で人気の出始めた、林家喜久蔵の起用を提案した。

ディレクターは恭平の案に大筋では同意しながらも、予算の絡みから喜久蔵の起用には首を捻った。しかし、この件は意外な事実からすんなりとＯＫが出た。

全く奇遇なことに林家喜久蔵は、落語家になる前に盛永製菓に勤めており、古巣への恩返しに破格のギャラで出演を引き受けてくれたのだ。

恭平は自らのツキに驚嘆し、ディレクターは恭平の人選の妙に舌を巻きながらも、ＣＭコピーに書き直しを命じた。

「本川君、あなたって、ホントにお人好しね」

「はっ……」

「ちょっと、この失恋編ってやつ、読んでごらん」

「はい。

——あいや、暫く。

惚れて、惚れて、惚れ抜いた、秘書課のあの娘に振られた夜は、あっ、何とする。

——むむっ、拙者も武士。

想い叶わぬは辛かれど、あの娘の幸せ祈って、今宵は手酌で、福徳誉。

——人生を愛し、酒を愛す、現代武士の酒、灘の生一本、福徳誉」

「ねっ、おかしくない？」

「どこが、ですか」

「あのな、お前。大体、お前、いい子ぶり過ぎるんだよ」

ディレクターは、仕事でも麻雀でも熱くなってくると、なぜか男言葉になる。

「女に振られた大の男が、幸せ祈って、ハイ、さようなら。なんてある訳ないだろう。

恋のライバル呪って、クルマに撥ねられて死んじまえ！　とか思うのが普通だろう」

「はあ、そんなモンですか、そんなモンですか」

「そう言われてみれば、惚れるのはしょっちゅうですが、振られたこと、無いのかよ」

「馬鹿野郎。本気で惚れてないから、振られないんだよ」

（成程。さすがに上手いこと言うなぁ）

恭平は唇を突き出し、眉間に皺を寄せた。

ディレクターは短い指の先に、細く長いイヴを挟んでいる。一口吸う毎に人差し指の腹で煙草を叩き、落ちもしない灰を灰皿に落とす仕草を繰り返す。

突き出した恭平の唇が緩み、危うく笑い出しそうになる。

「女に振られたら、普通の男は悔しくて寂しいんだよ。ライバルの男を殺したい程悔しくても、殺したり出来ないから、酒を飲むんじゃないか」

「はい、解りました。精一杯モテない男の立場を想像して、書き直します」

「当たり前だろ。三十秒だよ。パンチが効いてなきゃなきゃ、誰も聞いてくれないの。そんなんだから、麻雀だって下手糞なんだよ」

（ムッ！）

再び恭平は眉間に皺を寄せ、唇を突き出した。

この日、仕事を終えた恭平は、強張った笑顔で山影ディレクターを麻雀に誘い、情け容赦なくディレクターを狙い撃ちし、少し溜飲を下げた。


人間関係の機微には執着の強い恭平だが、案外にお金やモノには頓着しない。

「まあ、世の中、いろいろあら〜な」

少し前に流行った東京ボン太の台詞ではないが、大概のことは恬淡と済ませてしまう。

それでも生まれてくる子供や淳子に、惨めな思いをさせたくないと、我武者羅に仕事に取り組む程に興味も増し、評価も上がっていった。お陰で翌年四月の昇給時、給与は大幅にアップされ、ウェスト・パブリシティ同年代社員の一・五倍を超えていた。

加えて、「人間関係構築のため」との大義名分をかざしての麻雀も案外な副収入となっており、一層の収入増を求めて恭平は面子選びにこだわった。

「人格、教養、経済力、何れかが上の人としか、私は麻雀しない」

そう公言し、中でも経済力の優れた上司やクライアントの役職者を相手にすることを好んだ。これにより麻雀のレートは上がり、当然ながらリスクは増すが、勝てば家計への貢献度は高まる。

「本日も、ミルク代、よろしくお願い致します」

卓を囲む毎に同じセリフを吐き、愛嬌たっぷりに頭を下げることで優越と同情と苦笑を誘い、気を緩ませて勝負に臨む。そして、できる限りセコイ手作りで、コツコツと安く上がることを心掛ける。その一方で、時に思い切り高い役を狙い、度肝を抜く。

こうすることで上司やクライアントは、

「あいつは若いが、面白い！」

余裕と隙を見せ、再三お呼びが掛かる。余裕と隙の間隙を突いて得た泡銭《あぶくぜに》は全て、恭平の小遣いとなる。貰った給料は全額を淳子へ手渡し、必要な小遣い以上に大勝した月には、給料袋に加算して淳子を喜ばせていた。

さらに、社内のM資金も自ら申し出て担当していた。

Mとは麻雀の略称で、日々の麻雀の点数票を翌朝、恭平のデスクに持参すると月末の給料日に集計、集金、支払いが一括して履行される。その際、五％の手数料を恭平が徴収するシステムで、案外に安定した小遣い源となっていた。もちろん毎々成功した訳ではなく、大敗して家計に迷惑を掛けたことも、間々ある。


高校時代の杉野や高宮や大谷と久し振りに会い、珍しく卓を囲んだ或る日。

現役や一浪で大学に進み、一足先に大企業の社員となった彼らと給与の話になり、意外にも彼らの給与と遜色ないことが判明。福利厚生面ではともかく月々の手取り額ではむしろ勝っていると知り調子に乗った恭平は、平常とは逆に余裕と隙だらけの麻雀に終始して大敗。手取り給与の半分を超える額を一人敗けしてしまった。

深夜、意気消沈して最終電車で帰宅した恭平は、口数も少なく入浴を済ませ、布団に入っても目が冴えて寝付けず、うつ伏せに寝転び淳子にマッサージを頼んだ。

美容院を営む母親が仕事に疲れ、再三指圧を受けるのを見て育ったせいか、淳子は見様見真似の指圧に長けていた。

重ねた両手に横向けた頬を乗せ、睡魔と心地好さに目を瞑った恭平は、ぽつりぽつりと隠すことなく惨敗した麻雀の結果を告げ、素直に詫びた。

「ふ〜ん。でも、久しぶりに杉野さんたちと会って、楽しかったんじゃないの」

指圧の手を休めることなく、平然と淳子は問い返す。

「いや、凄く楽しかった。楽し過ぎたから気を抜いて、負けてしまったんだけど……」

目を瞑ったままで口ごもる恭平に、思いがけぬ言葉が投げかけられる。

「だったら、いいじゃない。勝負事だから、勝ったり負けたりするものよ。恭平さんが落ち込んでいる分、きっと杉野さんたちが喜んでいるわよ」

（あぁ、成程ね。そう言われれば、その通りかも……）

失意のどん底から一気に救われた気分の恭平は、うつ伏せたままそっと目を開け、重ねた手の甲が何故か濡れているのに驚き、極上の満足感を噛みしめた。

淳子は、杉野をはじめとする同輩はもちろん、山上たち後輩からも評判が良い。余計なことは喋らず、意地悪な冗談にも動ずることなく、平然と言い返すウイットが、好感を持たれているようだ。

「若輩未熟な恭平が何とか所帯を保てているのは、全て奥さんのお陰である」

口さがない仲間内では、そのような風説がまかり通っている。恭平はそうした声に反発することなく聴き流し、腹の中では独り善がりに反論している。

（確かに淳子の功績は認める。しかし、その淳子を妻に選び、掌で踊らされている風を装っているのは俺だ。つまり、妻を誉められることは、夫である俺が誉められていることだ！）

ウェスト・パブリシティの主力クライアントに、テニスラケットやスキー板のメーカーH社が在る。その関係からか会社はテニスクラブの会員になり、冬にはスキーツアーが毎週のように開催されていた。

恭平はテニスにもスキーにも興味はあったものの、初心者として後塵を拝すことに妙な躊躇いを感じると共に、間近な出産に備えて余計な出費を抑えたくて、幾度誘われても参加を断っていた。

そんな或る日。珍しく出勤前に淳子から声を掛けられた。

「今日は、麻雀しないで帰ってきてね。久し振りに外食したいから」

「了解」

恭平は直立不動で敬礼して応えた。

定時に早々と仕事を切り上げ会社を出た恭平は、渋谷駅から公衆電話で待ち合わせ時間を告げた。遠目にも妊婦とはっきり分かる程にふっくらとしたお腹を抱え、首に巻いたマフラーで顔を半分隠した淳子は、吉祥寺駅の改札口で待っていた。

「何を食べに行こうか」

恭平の問いを軽く聞き流し、淳子が先導しながら言う。

「食事の前に、ちょっと付き合って」

「どこへ……」

返答もなくエスカレーターで上がった先は、スポーツ店だった。

「えっ、何か買うの」

「そう」

どうやら既に店員と示し合わせているらしく、店の奥に入るとH社製のスキー板の横にストックとスキー靴が並んでいる。

「会社に電話して福池さんに、何を買ったら良いか教えてもらったの。来週のスキー旅行に参加を申し込んであるから、あとはサイズを合わせてもらうだけよ」

「来週行くとしても、レンタルスキーで大丈夫だよ」

店員の目を盗んで値札を確認した恭平が、戸惑い気味に小声で言う。

「それじゃあ本気にならないからダメよ。何事も先ずは、格好から入るものよ」

「じゃあ、ウエアはどうするんだよ」

「もちろん、買うわよ」

「もちろんって、お前……」

(この無鉄砲で一途な気性は、あの母親譲りなんだろうか)

逡巡しつつも恭平は、嬉々としてウエアを選び始めていた。

この冬の週末。身重の淳子を家に残し、恭平は毎週のようにスキー場に足を運んだ。

「誰だって、最初は初心者。失敗することを恐れて、挑戦しないなんて勿体ない」

忘れかけていた教訓を思い出させ、新たな楽しみを与えてくれたことに感謝した。

と同時に、徐々に肝っ玉母さん化しつつある淳子はともかく、相変わらず能天気な自分が父親となる半年後、どのようなドラマが待ち受けているのか期待が膨らむ反面、一抹の危惧をも芽生え始めていた。

*

「好きなスポーツは、サッカー。趣味は、掃除と洗濯です」

学生時代の決まり文句に、嘘はなかった。

隣家からの小言を気にしながらも、四畳半の下宿部屋に八人が屯し、二卓の麻雀台を囲んでの徹夜麻雀明けの昼過ぎ。

身体の節々に感じる痛みを心地好いものと感じながら、恭平は目を醒ます。

顔を撫でた掌が、脂で光っている。

二つ折りした枕代りの座布団の位置を直し、目線を動かして部屋を子細に点検する。

麻雀牌、点棒、サイコロ、インスタントラーメンの袋、丼、割り箸、畳に浸み込んだ汁、ハイライトとセブンスターとショートホープの空箱、灰皿に溢れた吸殻、コーヒーカップ、スプーン、マッチ箱、畳に零れた砂糖、カバーの外れた掛布団。

そして、向かい側の壁に張り付くように毛布に包まって横たわる杉野。

実に申し分のない煩雑さだ。

「よし！」

多くの観客を集めた試合直前の昂りに似た興奮が、恭平を襲う。

「おい、杉野、起きろ！」

「……あぁ、……いま何時だ」

「もう一時過ぎじゃ、起きろ」

「……皆は、……どうしたんだ」

「帰った、帰った。眠ってるのは、お前だけじゃ」

「……う～ん、もうちょっと、……寝ようや」

「よしっ。それじゃあ、押し入れにでも入ってろ」

杉野を押し入れに避難させ、襖を閉めて窓を開け、布団を干して叩く。

西友の買物袋に、煙草の空箱や吸い殻のゴミを詰める。

丼やコーヒーカップを共同の流しに運ぶ。

麻雀牌を萬子筒子索子字牌毎にきちんと揃え、ケースに収める。

部屋を隅から隅まで丁寧に掃く。

食器を洗い、シーツや布団カバー、下着や靴下を洗濯板でゴシゴシ洗う。

一息吐いてティッシュペーパーで鼻を噛み、真っ黒い粘膜を確認して秘かに満足する。

一時間後。

押入れの杉野を起こし、銭湯へ行く。

一番風呂で、普段の倍の時間を懸けて歯磨きをする。

タオルに石鹸をつけて、脂ぎった顔を二度洗う。

トニックシャンプーで髪を洗うと、身体中の空気が抜けていき、急激に空腹を覚える。杉野は目を瞑り、「黒猫のタンゴ」を歌いながら、股間を泡だらけにして洗っている。

実際、恭平の部屋はいつだって整頓されており、掃除洗濯に通ってくる女性がいるんじゃないかと噂されていた。

*

——あれから一年余。結婚は男を堕落させるようだ。

淳子が出産のために帰郷して一週間もせぬうちに、快感とすら感じていた掃除と洗濯を、苦痛に感じ始めている自分に恭平は驚いていた。

蝿

1

――四月十六日の日曜日。

この日は雅子の二十五歳の誕生日で、恭平と雅子は新宿のトップスで待ち合わせ、少しだけ贅沢な食事をした。

食前のワインが効いたのか、二人はとても好い気分になっていて、どちらからともなく雅子のアパートに向かって歩き始めていた。肩を並べて歩く恭平の手には、小さなバースデイケーキが抱えられている。

十二社局の辺りで降り出した小さな雨が、青梅街道に出る頃には本格的な降りになっていた。ケーキが濡れないよう前屈みで歩く恭平の背は、コットンのジャケットを通しポロシャツが肌に張り付いている。

二人は、なかなか掴まらないタクシーをやっと拾い、雅子のアパートへ駆け込んだ。

「恭平、風邪ひくといけないから、銭湯へ行こう」

何の屈託もなく誘う雅子に、恭平は口籠って応える。

「風呂に行くって、着替えだって無いし……」

「大丈夫よ。私のシャツ貸してあげるから。さあ、行こう」

雅子は手早く二人分の入浴の支度をし、ドアに鍵をかける。恭平は後に続いて階段を降りる。小降りながらも、雨は降り続いている。二人で差した一本の傘から体をはみ出さぬよう、恭平は雅子の肩に手を置きかけ、慌ててその手を引いた。

「それじゃあ、二十分後に」

銭湯の入口で、いつも通り淳子との約束の時間を口走ってしまった恭平に、雅子が反発する。

「えっ、そんなに時間要らないよ。十五分後ね！」

番台に二人分の風呂代を払う雅子の声を聞き、濡れたジーンズを脱ぎながら、恭平は柔らかな幸福感に浸っていた。そして身体中を石鹸の泡で覆う頃には柔らかだった幸福感は股間で硬直しており、恭平は屹立する幸福感をタオルで隠し湯船に身を沈めた。


十五分後、雨はすっかり上がっていた。

雅子から借りた男物のヴァンのマドラスシャツを着た恭平は、素足にスニーカーを履き、水を含んだスニーカーは、歩くたびにキュッキュッと小気味好い音を立てる。

傘をさしている時には気づかなかった、案外に大きな公園が暗がりの中に広がっている。

人影の無い雨上がりの夜の公園は寂寥としており、街灯の明かりを反射する水溜りだけが暗く光を放っている。

「公園の中を通ったら近道だよ」

「よし、近道しよう」

洗面器を抱えた雅子と、傘を手にした恭平は、水溜りを避けながら公園に入った。

入った直ぐ右手に藤棚がある。藤棚の周りにはブランコや滑り台、シーソーなどが点在している。

恭平はブランコまで歩いて行き、踏み台を目の高さまで引き上げ、手を離す。

「ガシャッ」

鉄製の鎖と鎖がぶつかり合い音を立て、次いでギーギーと油の切れた摩擦音を発して、無人のブランコは揺れている。その音を背後に聞きながら恭平はシーソーまで歩を進め、跳ね上がった側の板に手を置く。湿った板を力いっぱい押すと、板は拍子抜けするほど軽く、勢いよく落下し、水溜まりを叩いて飛沫を上げる。

「あちゃあ！」

大仰に声を上げ爪先立って避ける恭平を、雅子が笑う。

「雅子、ちょっと濡れてるけど、座ってみろ」

二人はシーソーに跨り、板が水溜まりを叩かぬよう足で調整しながら、交互に地面を蹴った。

「なあ、雅子。俺とお前の関係は、シーソーみたいなもんだな」

「えっ、どういうこと……」

「いや、雅子が俺に夢中な時期《とき》は、俺がそっぽを向いており、俺が雅子を追いかけ始めると、雅子は逃げる。いつだって、この繰り返しじゃないか」

「そう言えば、そうね」

「それでも俺たちは、いつもシーソーの両端に座って、ギットンバッタンやってたんだ。同じ一枚の板の上で、手を伸ばせば届く程の距離にいたのに、くっつきもしない代わりに、同じ高さでジッとしてもいられなかったもんな」

「でも、それはそれで、バランスが取れていたんじゃない」

「ま、そうかも知れないけど。それでも、雅子がシーソーから降りちゃった時は、本当に寂しかったよ」

「私だって……」

小さく呟いて黙り込んでしまった雅子は、宙に足を泳がせたまま空を見上げている。

恭平はシーソーの端を両手で押さえて尻を浮かせ、後ろに跳んだ。

「わあっ！」

不意を衝かれた雅子とシーソーは、勢いよく水溜りの上に落ち、大きな水飛沫《みずしぶき》が上がり、雅子は悲鳴を上げた。

「ざまぁみろ、これでおあいこだ」

「もう、やったな、恭平！」

雅子は手にした洗面器の中から、シャンプーを投げつけてきた。

恭平は胸の前で受け止めたが、その弾みでキャップが外れ、雨に濡れたジーンズは再びシャンプーで濡れた。


アパートに帰ると、雅子がパジャマのズボンを投げて寄越す。

恭平はシャンプーの香りのするジーンズを脱ぎ、パジャマを穿いた。

洗い立てのニット地の女物のパジャマは、尻や腿にフィットし、股間の膨らみを顕にする。

恭平は所在無く隣の部屋との境の壁を背にし、両手で膝を抱え込むように座った。

雅子は濡れた恭平のジーンズやポロシャツ、靴下、スニーカーを半畳ばかりの玄関に干し、電気ストーブのスイッチを入れた。

部屋は、前回に比べ見違えるほど整理されている。窓には薄緑色のカーテンが掛かり、ドレッサーや整理ダンスも置かれている。赤と白、二つ重ねられたカラーボックスの上には、小型のモジュラーステレオさえある。

電気ストーブを出す時に覗き見た押し入れの中には、真新しいギターがあった。

「あれっ、雅子。お前、ギター弾けたっけ」

「えっ、弾けないよ」

「じゃあ、何でギターなんか持ってるんだ」

「あぁ、あれ。あれは買ったの。一人で寂しいから、ギターでも練習しようかなって……」

「初心者が持つにしちゃあ、高級そうだなぁ」

「そんなことないよ。バーゲンで見つけたんだから」

「ふ〜ん」

卓袱台の上に並べて置かれた二つのティーカップも先回来た時には見られなかったもので、ケーキ皿もスプーンもフォークも全てペアで揃えられている。

(俺のために揃えて、待っていてくれたんだ……)

雅子の心遣いが嬉しくて、恭平はすっかり好い気分になっている。

「おっ、凄いな、ウェッジウッドか。やっぱり、お前は、お嬢様だなぁ。でもな、食器を買う時は、俺に言えよ。杉野に頼めば、少しは安くなるぞ」

「えっ、うん、いいよ。もう、要る物は大体揃えたから」

「そうか、ちょっとの間に、随分と女性の部屋らしくなったな」

「うん。ね、恭平、ケーキ食べよう」

小さなケーキの箱を開けて見ると、丸かったはずのケーキは箱の側面に殆どのクリームを塗り付け、四角くなって現れた。

「なあ、雅子。子供の頃、箱についたクリームとか、カステラの付いた敷き紙とか、奪い合うようにして食べたなぁ」

笑いながら恭平が言うと、雅子は箱についた生クリームを人差し指で掬う。

「今だって、こうよっ」

おどけた様子でクリームを恭平の頬に撫でつけようとする。

身を引いて逃げた恭平は、目の前に静止した人差し指を舐める。上目づかいに笑いかける恭平の目と、雅子の目が合う。目が絡み合った瞬間、恭平の下半身が行動を起こす。

（あっ、まずい！）

純で、初心で、馬鹿正直で、性急な恭平自身の変化を、雅子に悟られまいと足を組み替えながら、小さく口ずさむ。

「ハッピー・バースディ・トゥー・ユー・ハッピー・バースディ・トゥー・ユー。ハッピー・

バースディ・ディア・雅子。ハッピー・バースディ・トゥー・ユー」

雅子も一緒になって歌い終えると、二人は紅茶を飲みケーキを食べた。

「おい、雅子。何かレコードかけろよ」

「何かって、レコード余り無いよ。吉田拓郎かけようか？」

「結婚しようよなんて、ちょっと皮肉っぽくないか。他に何がある？」

「ビートルズのＬＰなら、在るよ」

「じゃあ、ビートルズをかけてくれ。あっ、ボリュームは絞ってな」

恭平にとって歌は、まず詞ありき、だった。

気に入ったフレーズの無い歌は、恭平を魅了しない。ついつい耳に入る曲の歌詞を追いかけてしまう恭平は、決して「ながら族」にはなれない。

しかし、ビートルズの歌う英語の歌詞を恭平は殆ど理解できない。だから、ビートルズはＢＧＭとして相応しい。

レコードが回り、曲が流れ始める。恭平はジャケットに入った歌詞表を手に耳を傾ける。

You say yes, I say no
You say stop and I say go go go

…………


「おい、これって、俺たちみたいな歌じゃないか」

「あれっ、恭平にも解る？」

「馬鹿野郎。これくらいの英語、中学生でも解るわい。解るけど、歌えと言われたら困るんだな。英語と音楽が一緒になると、どちらかを追うともう一方がお留守になるんだ」

「そぉ、だって恭平、大学受かったんでしょ」

「いや、英語で歌う試験は無かったからな。でも、イエスタデイなら歌えると思う」

「ホント！　この次の曲がイエスタデイだから、一緒に歌おう」

Yesterday,
All my troubles seemed so far away
Now it looks as though they're here to stay
Oh I believe in yesterday

歌詞の英文字を目で追い、曲を懸命に耳で追いながら、恭平は真剣に歌った。

Why she had to go I don't know
She wouldn't say
I said something wrong
Now I long for yesterday

目を見開いて歌詞を読み、耳を澄まして曲を聴き、頭で懸命に意味を探ろうとする恭平は、レコードの回転に乗り遅れ、時々単語を飛ばして追い掛ける。

一緒に歌っていた雅子は歌うことを止め、眉間に皺を寄せて歌う恭平を見ている。

「恭平って、几帳面だね」

「几帳面って、どう言うことや」

「だって、恭平の英語、まるで四角い文字で書いた片仮名みたいだもん」

「四角い文字の片仮名か。上手いこと言うな。でも、それは言えてると思うよ」

文字を追い、言葉を追う緊張感から解放され、恭平は表情を和らげて語りだす。

「あのな、ちょっと話は違うけど、例えば、折り紙で鶴を折るとするだろ。その時、俺はどうしても、キチッと折り目をつけないと気が済まないんだ。すると、折ってる途中は綺麗なんだけど、出来上がると、なんだか味気ないんだよ。

逆に、一つ一つの折り目が好い加減な方が、出来上がると妙に生き生きしてるんだよな。

そう解っていても、どうしても俺は、キチッと折り目をつけてしまうんだよ」

「うん、そうだよね。そんなところあるよね。恭平って、変なところに律儀なんだよ」

「それに今、気づいたけど、英語の歌詞をキチンと文字で読んだのって、初めてなんだ」

「じゃあ、今までどうやって歌っていたの」

「歌ったことなんか無いよ。真剣に聴いたことも、真面目に歌ったこともないんだよ。

要するに俺は、何事も努力しないで、安易にボンヤリと生きて来たんだよ。俺が自分に向けて『努力』なんて言葉を吐くようになったのは、つい最近だよ」

「それでは、もう一回レッスンしましょう！」

雅子はステレオのアームを持ち上げ、慎重に針を落とす。

二度目のイエスタデイは、片仮名の角が少しだけ取れていた。

2

　そんな恭平を窓側の壁を背にして笑って見つめる雅子は、揃えた両膝に肘をつき、外に開いた両掌に顎を載せている。プールから上がった水泳選手みたいに、撫でつけただけの短い髪は、広い額を誇示している。銀杏の実に似た形の目の中で、よく動く黒い瞳。ツンと上を向いた小さな鼻。笑うと真っ白い八重歯が覗く唇。初めて会った小学生の頃と、何も変わっていない。だのに、全てが確実に変わっている。

　一部の隙もなく合わせられた膝から踝までの流れは、今も恭平のお気に入りだ。子細に雅子を眺めていた恭平の口許が緩む。

「どうしたの、何が可笑しいの」

「いや、思い出していたんだ」

「何を」

「俺たちが中学や高校の頃の、夏休みのこと」

「……」

「雅子が広島のお姉さんちに来る度に、俺は一時間も自転車を漕いで会いに行ったよな。暑いもんだから、タオルを首に巻いて、汗を拭き拭き行ったもんだ」

「覚えてる。恭平は日替わりで、精いっぱいお洒落して来てたよね。でも、坊主頭と黄色いタオルだけは、いつも変わらなかった」

「行く時は好いんだよ。今から雅子に会えるって思ってるからペダルも軽いんだ。辛いのは帰る時よ。夕方になると、階下でお姉さんが夕食の支度を始めるだろ。その匂いが届き始めると、俺は落ち着きを失う訳よ。

俺は、部外者なんだって、疎外感をヒシヒシと感じて来るんだ。本当は食事だって一緒にしたいのに、格好つけて、一応は潔く立ち上がるんだ。その瞬間だって内心は止めて欲しいんだけど、雅子は案外に冷たいいんだよ。

『じゃあ、また明日！』なんて、簡単に言ってくれるんだよ。寂しくって、切なくって、胸がキューンとなって、泣き出したい程だったよ」

「ふ〜ん。私、グズグズ、ネチネチ、ベタベタされるのって、好きじゃないから。でも、恭平って、そんなにグズグズしてなかったと思うけど」

「当たり前田のクラッカーだよ。俺は雅子の前では、知らず知らずのうちに雅子好みの男を演じていたんだ。だけど、もう、好いや。これからは、本音で付き合うぞ」

「本音って、何よ」

「例えば、たいして美人でもない雅子を、なぜ好きになったのか、教えてやろうか」

「教えて！」


「よし。本川恭平『衝撃の告白』だ。時代は遡って、中学二年生の夏でした。

雅子が俺の家に遊びに来て、二人はトランプ遊びを始めました。トランプで何をして遊んだかと言うと、何と神経衰弱だ。で、どっちが勝ったと思う。

当然、俺だと思うだろう。ところが三勝二敗で雅子の逆転勝ちだ。俺が簡単に二連勝した後、奇跡の三連敗。実は、これには隠された深い理由があったんだ。

あの日の雅子は黄色の花柄、丁度このパジャマみたいなワンピースを着てた。明るくて、爽やかで、可愛くて、凄く似合ってた。そのワンピースの胸元が、こう、凹字型に大胆にカットされてる訳よ。そして雅子がカードを捲ろうと屈み込む度に、見えるんだよ。雅子の豊満な胸が。

お前って早熟だったから、大きく弾む乳房だけでなく、乳首まで丸見えの訳よ。だって、お前。ブラジャーなんか着けてないんだもん。最初は気づかなかったから、当然の楽勝。三回目の途中、乳房を見てからは、もう駄目。集中力が、ゼロになったんだ。

若き俺の悩みを知らないお前は、『本気出してよ』って、怒るんだ。でも、どうしても目と神経はワンピースの奥に向いて、カードなんて上の空だった。あの瞬間こそ、俺にとって、正真正銘の神経衰弱だったよ」

「あっはっはっはっ。やっぱり恭平も、男の子だったんだ。そんなこと気にして」

「馬鹿野郎！　俺だって男だぞ。俺だって、雅子を思い切り抱き締めたいと、思ったことあるんだぞ」

「本当……。いつ、いつ私を抱き締めたいと思った？」

「中学二年の夏、雅子のオッパイを発見して以来、ずっとだ」

「じゃあ、今も？」

「あぁ、もちろん、今もだ」

自分でも驚愕するほど力強く、恭平は言い切った。雅子が驚いたように顔を上げる。

「でも、雅子を抱き締めたいと思う俺の気持ちは、ちょっと違うんだ。何と言うか、自分で言うのも恥ずかしいけど、ギラギラした欲望じゃないんだ」

ふざけた調子から一変して真顔になって、恭平は言葉を続けた。

「女性を征服したいという、男としての本能的なものとは、少し違うんだ。とことん愛おしむと言うか、万物から庇護したいと言うか。言ってしまえば、乳飲み子を優しく抱擁するのに似た感情かも知れない」

「……」

「あのな、雅子……。俺は、俺の嫁さんになる女性は、絶対に処女でなくてはいけない。そう決めていた。だけど雅子だけは、例え百人の男を知っていても、俺は気にしない。

　何時の頃からか、俺は本気で、そんな風に考えていたんだ」

「ありがとう、恭平。でも私、百人の男なんて知らないよ」

「馬鹿野郎、そんなの当たり前だろう。ところで雅子、おまえの初体験は、いつだ」

「嫌だ、恭平。どうして急にそんなこと訊くの」

「どうしてって、俺は雅子のことは何でも知っておきたいんだ」

「知ってから、怒らないでよ」

「今さら怒ったって、どうしようもないだろう。まぁ、言ってみろ」

「高校三年生の夏。同立大の三回生と」

「馬鹿野郎！　誰が相手まで言えと言った」

「だって……」

「だってもへチマもあるか。あぁ、凄いショックだ。高校三年の夏といったら、あれだよ。俺に『大好き』って手紙をくれていた頃じゃないか」

「うん、そう」

「何が、『うん、そう』だ。あぁ、俺はなんて間抜けでお人好しなんだろう」

「じゃあ、恭平はいつよ」

「俺か、俺は、結婚式挙げた日だから、去年の三月だよ」

「あぁ、ずるい。本当のことを言ってよ。私、恭平が百人の女性を知っていても、許してあげるから」

「馬鹿！　許すも何もないだろう。あのな、お前にだけ教えるけど、俺にとって初めての女性は、淳子なんだ。

見栄張って言う訳じゃないけど、お前が会った佳緒里とだって、チャンスはあったんだ。でも、俺は臆病者だから、その場になると逡巡して、逃げ出してしまってたんだ。だのに淳子に対しては、そんな躊躇いもなく自然に、ひとつになれたんだ」

「……」

「でもな、一旦そうなると俺はお調子者だから、つい自信みたいな自惚れ持っちゃって、ダ、ダ、ダッと連鎖反応的に、他の女性にも走っちゃったんだ。その時は、ちょっとしたプレイボーイ気取りだったんだな。でも、違うんだよ。何かが」

「……」

「淳子とだったら、肌を合わせているだけで、満ち足りた気分になれるし、セックスした後も、ず〜っと抱き締めて、触れ合っていたいと思うのに、他の女性とセックスした後は、妙な悔いが残るんだ。もちろん、その女性が嫌いな訳じゃないんだよ。好きだからこそ、そういう関係になったんだけど、やっぱり心底好きじゃなかったのかも知れない。セックスの後、何故か背を向けたいような気分になってしまうんだ。

子供の頃、欲しかった玩具《おもちゃ》を手に入れた途端に、妙な違和感を覚えて熱が冷め、放り出したことってないか？　丁度、そんな気分になってしまうんだよ。もちろん女性は玩具じゃないから、放り出すこともできないで、途方に暮れてしまうんだ。卑怯で臆病な俺は、できればこの場から逃げ出したい、これが現実でなく夢だったらいい、なんて思ったりするんだ」

下唇をかんで真顔で聴いていた雅子が、急に口角を上げ、頬に笑みを浮かべる。

「うん、恭平らしいよ、それ。でも、何となく解る気がするな」

頬杖をついたまま、真顔に戻った雅子が同調する。

「そうか、解ってくれるか。もちろん『同じ女とは二度と寝ない』なんて、利いた風な台詞を吐いてるんじゃないよ。男と女の間で一番大切なのは、絶対にセックスなんかじゃない。綺麗ごと言うようだけど、俺は、そう思うんだ」

「淳子さん、素敵な女性なんだね。私なんかより、ずっと恭平を幸せにしてくれるよ……」

思い出したように手を伸ばして卓袱台のティーカップを取り、冷めた紅茶を飲み干し、両手でカップを握りしめる雅子を見て、恭平は何故か慌ててしまった。

「いや、雅子と淳子を比べてどうこう言うんじゃないんだ。詰まるところ、男と女って、結局は相性と言うか、肌合いの問題なんだよな……。だけど、俺は、雅子との一回きりの肉体関係は、絶対に忘れていないぞ！」

「えっ、嘘。嘘よ！　私、恭平と肉体関係なんかないもん」

「覚えてないのか。それじゃ話してやろう。雅子と俺の生涯一度の肉体関係を」

「止めて！　冗談言わないでよ」

「冗談なもんか。あれは、高校二年の夏だった」

「高校二年⁉　恭平、嘘つかないでよ」

「うるさいな、黙って聴いてろ！　絶対に嘘なんかじゃない。

——あれは、間違いなく高校二年の夏だった。雅子と俺は、宇品の海岸を散歩していた。

西の空を夕陽が真っ赤に染め、瀬戸の島々のシルエットを色濃く映していた。そのコントラストの美しさに魅せられ、俺の胸は高ぶっていた。肩を並べて歩くお前の表情を覗くと、雅子の頬も茜色に燃えていた。俺はお前に、真剣に訊いた。

『雅子、俺を好きか』

『うん、大好きだよ』

即答したお前の言葉に気分を好くした俺は、目を瞑って口を突き出し、小さく呟いた。

『キス・ミー』

『何言っているのよ、恭平！』

大声で笑うと同時に、お前は俺の背中を思い切り平手で叩いた。Tシャツ越しの平手打ちは、海水浴で灼けた背中を刺激し、跳び上がるほど痛かった。その痛みは、単なる肉体的な痛みではなく、十七歳の少年の心の痛みだった。背中に残った手形の跡は、秋になっても熱く燃え、その火照りは消えることがなかった」


「……それで」

「いや、それで全てだ」

「なあ～んだ、それだけ。肉体関係なんて言うから、びっくりするじゃない」

「馬鹿野郎！『なあ～んだ』なんて、簡単に言うな。俺はな、俺は、冗談で言ってるんじゃないぞ。あの、熱く燃えるような背中の火照りこそが、どんなセックスよりも、俺には大切なんだ。生涯忘れることのできない、俺の人生の宝物なんだ」

恭平は呻くように告白し終えると、下唇を噛んで雅子を凝視した。

「……」

雅子はその気勢に顔を強張らせ、ティーカップを握る両手に力を籠める。

「雅子。俺とお前の肉体関係なんて、あの背中への平手打ち一回切りだ。でもな、雅子。俺は、お前を抱いたどの男よりも、俺が抱いたどの女性よりも、お前を大切に思っている。お前という女性の存在こそが、男としての俺の最高の誇りなんだ。その矜持こそが、俺の生きるエネルギー源なんだ」

憑かれたように語りながら、恭平はあの夏のことを想い返していた。

十七歳の高校生だった恭平が受けた、あの夏の痛みと火照りの衝撃は、雅子への想いの証として、時を経た今も恭平の背中に残っている。

熱情的に、穏やかに、話し終えた恭平の目と、黙り込んでいる雅子の目が合った。

上目遣いの雅子の目が、驚いたように大きくなり、焦点を失って宙を彷徨い、泣き出しそうに揺れた。

「あっ……」

その瞬間、恭平は声にならぬ声を出し、唇の右端を持ち上げ、堅く目を閉じた。

恭平は膝を抱え込んだままで、射精しそうになっていた。

「どうしたの、恭平」

心配そうに問う雅子に答えられるはずもなく、恭平はゆっくりと首を振った。首を振りながら、不安になってきた。

(万一、射精なんかして、精液が、雅子のパジャマを汚したりしたら大変だ)

急に無口になった恭平に、どう勘違いしたのか雅子は気弱な口調で語りかけてくる。

「ゴメンね、恭平。私は恭平に甘えているのよ。私が何をしても、何を言っても、恭平だけは許してくれるって」

雅子と恭平。二人の間には畳一枚分の距離があった。

しかし、恭平は今、二人は間違いなく一つになっていると強く感じていた。

3

「な、雅子。お前、今、幸せか？」

「今って、今の、今……」

「あぁ、今の今、幸せか？」

「幸せだよ。恭平に、誕生日祝ってもらって。崩れた、美味しいケーキ食べて。遅れ馳せの愛の告白聴けて。ベリー・ハッピーよ！」

「そうか。雅子がずっと幸せだったら好いな。あっ、俺、雅子に謝らなくっちゃ」

「何を……」

「ほらっ、初めてこの部屋に来た時。お前の結婚相手を見つけてやるって言ったじゃない。あれ、止すわ。いや、好い奴がいない訳じゃないんだ。好い奴はいるんだよ。実は、この間も言った杉野に、雅子のこと話したんだよ。でも、やっぱり、無理だ」

「何が……」

「こんなこと言うの、悔しくて、恥ずかしくて、情けないんだけど。正直に言うと、親友の杉野に対してだって、俺はヤキモチを妬く。だから、申し訳ないけど、雅子の相手は俺の知らない誰かにして欲しいんだ。

でも、絶対に俺以上の男を選んでくれよ。雅子には、俺なんか手の届かないほど、幸せになって欲しいから」

「へぇ〜、私にヤキモチ妬いてくれるんだ。嬉しいな。でも、大丈夫よ。私、絶対に恭平以上の男を見つけるから」

「いや、そう易々と俺以上の男を見つけられても、また面白くないけどな」

抱いていた膝を伸ばし、腕を上げて、恭平は思い切り背伸びをした。

「さて、ジーパンも大分乾いただろうから、俺、そろそろ帰るわ」

「そう、帰るの。恭平、恭平って本当に、好い人ね」

「うん、よく言われるよ。好い人だけど、全く男を感じさせないってね。やっぱり男って、どこか危険なくらいじゃないと、ダメだな」

恭平は笑って弁明しながら立ち上がり、雅子に背を向けて借物のシャツを脱いだ。

「恭平、少し太ったみたいね」

驚いて振り返ると、雅子は恭平を射るように見つめている。

「馬鹿、あっち向いてろ」

「いやっ」

雅子は妙に意地になって、言うことを聞かない。

恭平はパジャマのゴムを引っ張って、ブリーフと恭平自身との接点を点検した。

(大丈夫だ。射精なんかしていない)

半乾きで穿き難いストレートのジーンズに足を通し、素足にスニーカーを履いて、半間四方の戸口に立つ。

雅子は依然として窓を背に、飲み干したはずのカップを握ったまま座っている。

その膝が、小刻みに震えている。

(あの雅子が、俺に涙を見せている)

恭平は雅子から目を逸らし、眉間に皺を寄せ下唇を噛んで、天井を睨んだ。

まだ四月の下旬だというのに、気の早い蝿が一匹、剥き出しの二本の蛍光灯の周りを飛んでいる。

恭平は蝿を目で追うことに気持ちを集中させ、雅子の涙を無視しようと努めた。

電気ストーブで暖まった四畳半の部屋を、暖気と共に幾許かの時間が静かに流れた。

「恭平。恭平は、私の平手打ちを今も覚えてくれているけど、私は、私は……」

雅子は両の目から流れ出る涙を拭おうともせず、真っ直ぐに恭平を凝視して言った。

恭平も言葉を返そうとしたが、言葉を発したら雅子を抱き締めてしまいそうで、抱き締めてしまえば全てが壊れてしまいそうで、ただ立ち竦んでいた。

先刻の蝿が恭平の鼻の先を横切って飛び、ふいとどこかに消えた。

それを機に、恭平はドアの取っ手に手をかけた。

「おやすみ、雅子」

「……」

恭平は後ろ手にドアを閉め、鉄製の階段を音を立てぬように降りた。

道路から二階を見上げると、そこだけ明るい雅子の部屋の窓に、カーテン越しに雅子の影がぼんやりと映っている。

コットン・ジャケットを背に回し両袖を首の前で結んで、恭平はゆっくりと走り始めた。

徐々に速度を増し全力疾走に入った恭平は、脚や腕や胸の筋肉ひとつひとつが躍動するのを心地好く感じていた。

裸電球

1

中央線の高円寺まで走った恭平は、定期券を出そうと改札口に立って、上着の内ポケットに入れておいた財布を落としていることに気づいた。

「あ〜あっ、くそっ」

突如、恭平は奇妙な孤独感に襲われ、訳も無く激しい苛立ちを覚えた。

それは財布の中の金額の多寡や定期券の紛失と言った物質的なものに対してではなく、先刻までの雅子との充足感に満ちた時間に水を注され、大切な想いまでも台無しにされたような腹立たしい憤りだった。

「くそっ、馬鹿野郎が」

両拳を固く握り締め、闇の中の見えない敵に向かって、二発三発とパンチを叩き込んだ。

次の瞬間、雅子を抱きたいと欲情している自分に気づき、驚いた。

（俺は今、雅子が欲しい。雅子だって、きっと望んでいるに違いない。後悔なんか、絶対にし

ない）
それは、愛する者への想いではなく、傷ついた自分への慰めに過ぎないと気づく余裕を恭平は失っていた。それでも、身勝手な正当化を試みた恭平は、来たばかりの道を駆け戻り始めた。あれほど快適に走り抜け、短く感じられたアパートまでの道が、今の恭平には息苦しく、とても長い距離のように感じられたが、恭平は走ることを止めようとはしなかった。

アパートの階段の下まで駆け戻った恭平は、雅子の部屋を見上げた。明かりは点いたままだが、窓に雅子の影は無い。

あれから一体どれほどの時が流れたのだろう。ほんの数分間のような気もするし、何時間も経ったような気もする。

恭平は膝に手を遣り、弾んだ息を整え、大きく深呼吸して、階段を上がり始めた。

（止せ、恭平！）

瞬時、啓示にも似た声を後頭部に聴いたけれど、恭平は階段を上り、部屋の前に立ち、ドアをノックしていた。

――返事は、無い。

「雅子、俺だ。財布落としちゃったんだ。今晩、泊めてくれよ」

努めて明るく軽い調子で声を掛けたが、部屋の中は静まり返り、物音ひとつしない。その静けさこそが、雅子が全身を耳にして恭平の言葉を聴いている証しだった。

「雅子、開けてくれよ。話の続きをしようよ。俺、もう雅子を一人にしないから」

突然、部屋の明かりが消され、廊下の薄暗い裸電球の下に、恭平は一人ポツンと取り残されてしまった。

体をぶつければ壊れてしまいそうな目の前の安っぽい合板のドアが、今の恭平には厚く重い鋼鉄板の扉のように感じられた。

そのドア一枚隔てた向こう側で、息を潜めている雅子の先刻の涙顔を想い出し、やっと恭平は、自身の独り善がりで愚かな振る舞いに気づき、激しく悔いた。

「雅子、ごめん。俺、やっぱり帰る。歩いて帰る。今度こそ、本当に、おやすみ」

階段を降りると、再び小さな雨が降り始めており、点在する街灯が、恭平には妙に明るく輝いて見えた。

「くそっ、いつだってこうなんだ。俺って奴は……」

何気なく吐いたセリフを何年か前、雅子との別れの原因となった電話の後にも独り言ちたことを思い出し、恭平は自嘲的に繰り返した。

「そう。いつだってこうなんだ。俺って奴は……」

既に走る気力も失せ、悄然と歩く恭平は、タクシー代を渡そうと一万円札を握って部屋を飛び出した雅子が、その後ろ姿を見送っていることを知らなかった。

2

翌月曜日の朝。眠たい目を擦りながらも恭平は機嫌好く出社し、いつものように掃除を済ませ一時間ほど仕事をした後、近くの珈琲館でアメリカン・コーヒーを注文した。

何気なく広げた新聞に、大きな見出しが躍っている。

「川端康成氏ガス自殺」

三年前、三島由紀夫の割腹自殺を雀荘で知った瞬間の感想は「！」だったが、川端康成の自殺には「？」しか思い浮かばなかった。

文士、知人、あらゆる方面の著名人が衝撃を受け、コメントを述べているが、結局のところ自殺の原因なんて本人しか解らない。ひょっとすると本人すら解らないうちに、死を選んでしまうことだってあるかも知れない。

コーヒーを飲みながら、恭平は自分自身の「老い」や「死」について考えようとした。しかし、それはルールを知らずに麻雀をするようなもので、目の前に並んだ牌をどう組み合わせれば好いのか、皆目見当もつかなかった。

「本川くん、今晩、どう……」

少しブルーな気分になりかけた恭平は、同僚デザイナーの福池肇の声に顔を上げた。いつの間に来たのか、福池は屈託のない笑いを見せながら牌を摘む仕草をしている。

恭平たちは毎日出社一番に夕方からの麻雀のメンバーを決め、仲間を得たことに安堵して、やっと仕事に取り掛かる。

既に恭平は川端康成の自殺も、恭平自身の「老い」について考えることも忘れている。実際、他人の死に対しては誰もが意外な程に鈍感だ。

あと一時間で仕事が終わり、麻雀が始まるという頃。机上の電話が鳴った。

「はい、制作の本川ですが」

「あっ、恭平。私、雅子」

雑踏の中で懸命に受話器を握り締めているような、雅子の声が小さく聞こえる。

「恭平、昨日はありがとう」

「いや、俺の方こそ、ゴメンな」

「ゴメンって、何が」

「いや、俺は、お前が……」

不器用に言い訳しようとする恭平を遮って、雅子が一気に喋る。

「私、京都に帰る。京都に帰って、最初からやり直してみる。恭平より好い男、絶対に見つけてみせる」

「何⁉　雅子。お前、今、どこにいるんだ」

「東京駅の新幹線のホーム。荷物はさっき運送屋さんに頼んで、全部送ってもらったから。でも私、東京に来て、恭平に会えて嬉しかった。それじゃあ、グッド・ラック」

「おい、雅子。グッド・ラックなんて……」

困惑する恭平を置き去りにして、電話は切れた。

恭平は手にしていたステッドラーのシャープペンを放り投げ、腕組みをして眉間に皺を寄せたが、頭の中は放送終了後のテレビみたいにシャーシャーと乾いた音を立てるばかりで、何も思い浮かんでこない。

仕事はもちろん麻雀をする気さえ失った恭平は、代打ちを同僚に頼み込み、早々に仕事を終え地下鉄に乗った。新宿で中央線に乗り換えるつもりが、夕方のラッシュに圧されるままにフラフラと新宿三丁目で下りてしまった。

(家に帰ったって誰も居ないし、映画でも観て帰るか……)

人の流れに連れられて出た地上は、昨日に続いて小さな雨が路面を濡らしている。

恭平は立ち竦み、軽く舌打ちをひとつして踵を返し再び階段を降りた。

定期券を失くしたばかりの恭平は、ポケットの小銭を出しながら新高円寺までの料金を確認し、自動販売機のボタンを押した。

小雨に濡れながら雅子のアパートまで来た恭平は、気怠く部屋を見上げた。もちろん窓に明かりはなく、風もないのに窓のガラスが震えているように見える。

つい二十余時間前、二人でレコードを聴き、声を揃えて歌った暖かな部屋に、今は冷たい風が吹いている。

見上げる恭平の顔を、小さな雨が優しく濡らしていく。

(こんな哀れな俺の姿を見たら、雅子は同情して惚れ直すんじゃないかな)

ふと、そんなことを思った己を、恭平は自嘲した。途端に両の目から涙が零れ、涙は雨とひとつになって頬を伝い、首筋に流れ落ちた。

思いがけない涙で、妙に吹っ切れた気分になった恭平は階段を上がり、昨晩は鋼鉄版のように感じたドアの前に立った。

未練を断つようにドアノブを回すと、合板のドアは呆気なく開き、暗い部屋が覗く。

カーテンも取り払われ、窓から侵入する街灯の薄明りだけの部屋は寒々としている。

下唇を噛み大きな溜息を吐いて、踵を返そうとした視界の端に何かが飛び込んできた。

（ギターだ⁉）

振り返り屈み込んで、部屋の左隅を注視した。そこにはひっそりと壁に立て掛けられた真新しいギターと、膨らんだ紙袋がある。靴を脱いで部屋に上がり込んだ恭平は、手を伸ばして裸電球のスイッチを捻った。

紙袋は伊勢越のショッピングバッグで、その上には白い封筒が無造作に置いてある。

封筒に書かれた宛名を見て、恭平は息が止まりそうになった。

「M．S．様」

右上がりの大きな字で書かれたイニシャルは、間違いなく恭平宛ではない。

恭平は乱暴に封筒を裏返した。封はされていない。

忙しげに封筒を縦に振り、便箋を広げた。

M．S．様

やはり、あなたとは無理です。
勝手だけど、私のことは忘れてください。
頂戴した品はお返しします。

さようなら　　M.S.

短い走り書きを、一瞬のうちに数回繰り返して読んだ。読むうちに手紙は頭の中でグルグル回り始め、恭平はその場に座り込んだ。紙袋を手許に引き寄せ中を覗くと、昨晩二人で聴いたビートルズのＬＰレコードが一枚入っている。

そして、袋の中には他にもう一つ正方形の薄い箱があり、開けてみると四十センチ四方の額に収められたリトグラフが出てきた。リトグラフの右下には、M.Ｓｅｒａのサインがある。

（この部屋に来た男は、俺一人じゃないんだ！）

考えてみると世良美智雄も杉野将仁も下重雅子も、イニシャルはM.S.だった。

「恭平って、本当に好い人ね……」

雅子の言葉が耳に蘇ってくる。

「お前、女に振られたこと無いのかよ！」

ディレクターの罵声が続く。

途方に暮れた恭平はリトグラフを箱に詰め直し、袋に戻して裸電球を消した。

畳の上に残された封筒だけが、まるで夜光虫のように白く光って見える。

3

項垂《うなだ》れ肩を落として階段を降りる恭平の手には、ギターと紙袋がある。

人気のない公園まで来て、コンクリートのベンチに腰を下ろす。

尻に伝わる冷たさが孤独感を煽る。立ち上がりベンチに向き直った恭平は、手にした紙袋を頭より高く振り上げ、ベンチに打ちつける。

「ガシャッ」

鈍く大きな音を立ててベンチに激突した額縁は、袋を破って箱から飛び出し地面に転がり、レコードジャケットは回転しながら宙を飛び、数メートルも先に落ちた。

恭平は足下に落ちたリトグラフを右足で二度三度と思い切り踏みつけ蹴飛ばし、ギターの棹《さお》を両手で摑んで身体を反らせてベンチに叩きつけた。

「バギッ」

棹から離れた胴体が二つに割れて宙に舞い、弦に引き戻された一片が手の甲に当たった。

「くそっ」

血が滲み出した手を固く握り締めた瞬間、背に熱く燃えるような衝撃を感じた。

恭平は泣きたくなった。泣かなくてはいけないと思った。

しかし不思議なことに涙は零れず、ただ背中の火照りが増すばかりだった。

茫然と立ち竦む恭平の目の前には、額縁やギターの破片が散乱し、雨に濡れている。

その先には、昨晩、雅子と遊んだシーソーがある。恭平はシーソーに向かってゆっくりと歩を進め、脚を窮屈に折り曲げ、板の端に腰を下ろした。

(ブランコや滑り台は一人で遊べるのに、シーソーは一人では面白くない。逆に、妙な寂しささえ募ってくるのは何故だろう……)

俯いた恭平の足先にビートルズのジャケットが落ちている。手を伸ばして拾い上げ、レコード盤を引き出すと、盤は三つに割れている。

割れたレコードの欠片を人差し指と中指で挟み、スナップを利かせてサイド・スローで投げると、盤は水平に飛び闇の中に消えた。

(雅子と俺、そして世良、あるいは杉野……)

三人の関係を漠然と思った時、連想ゲーム的に小学校の理科の時間に習った単語が浮かんできた。「支点」「力点」「作用点」三つの単語と、何の脈略も無い三人の関係を強引に結び付けようと試みたが、上手くいかなかった。

恭平はレコード盤の一番大きな欠片を手に取りオーバー・スローすると、右に旋回しながら急降下し、水溜りに落ちた。最後の欠片は、街灯を狙って投げた。しかし盤は街灯には届かず、その明かりの中で力を失い角度を変え、舞うように落ちた。

左手に残ったジャケットをも投げようとした恭平は、そこから覗いている歌詞表を見つけ、抜き出した。弱い街灯の明かりの下で、恭平は目を凝らして印刷された歌詞を、まるでリンカーンかケネディの演説のように、直立不動の姿勢のまま大声で読んだ。

四角い片仮名みたいな英語で絶叫する恭平は、声を張り上げることで、雅子のことも、世良や杉野のことも、全てを忘れたいと思っていた。

When I find myself in times of trouble,
Mother Mary comes to me
Speaking words of wisdom, let it be
And in my hour of darkness

She is standing right in front of me
Speaking words of wisdom, let it be
Let it be, let it be, let it be, let it be

「let it be」を連呼する頃になり、やっと涙が頬を伝い始め、背中の火照りは痛みに変わっていた。

受話器

1

大晦日の昼過ぎ。

広島で正月を迎えるために帰省していた恭平と淳子、そして二歳七か月になる娘の祥代《さちよ》の三人は、街に買い物に出掛けた。

淳子は三カ月後に第二子の出産を控えており、ターミナルビルにある紀伊國屋書店で買った単行本四冊と月刊誌二冊、そして三冊の絵本が入った紙袋は恭平の腕の中にあった。

左右に身体を揺すりながら、淳子の手を握って歩く祥代の後姿を見守る恭平の頬は、思わず口笛を吹き出しそうに緩んでいた。

鈍色の空は、明日の元旦は雪かと思わせるほどに暗く沈んでおり、道行く人々は全てが無彩色に映っている。しかし、夕暮れ前の喧騒の中に、何か一筋の光が差し込んでくるような予感があった。

左手に抱えた本の重みに腕がしびれ、恭平は右手に持ち替えようと立ち止まった。

「こらっ、恭平！」

大声と共に背中を叩かれた恭平は、本の入った紙袋を落としてしまった。

「雅子⁉」

振り返った恭平は本を拾うことも忘れ、目を見張った。

人の流れに抗い、立ち止まって見つめ合い、同時に笑い出した二人に、迷惑そうな視線や肩がぶつかってくる。

我に返って本を拾い上げた恭平は、本の袋を雅子に預け、前を行く淳子と祥代を追って駆け出した。両腕に本を抱いた雅子がゆっくりと後に続いた。


挨拶もそこそこに、四人は近くのビルのエスカレーターに無言で乗り、電車通りを見下ろす二階の喫茶店に入った。淳子と祥代、雅子と恭平が並んで座り、それぞれを紹介しながら恭平は、淳子と雅子の顔色を七対三の割合で窺っていた。

「祥代ちゃん、可愛いね。良かったじゃない、恭平に似てなくて」

何の屈託もなく言う雅子に、愛想笑いを返しながら、恭平は気を揉んでいた。

（この場面で、「恭平」の呼び捨てはマズイんじゃないの）

「久し振りの再会なんだから、ゆっくり二人で話したら？」

案の定、気配を察した淳子が気を利かせ、飲みかけのオレンジジュースに未練を残す、祥代の手を引いて席を立った。

「あっ、俺も直ぐ帰るから……」

軽く尻を上げた恭平は、そのまま雅子に向き合う席に移動して座り直した。

二人きりになった恭平は、祥代の愛らしさ、笑いを誘う仕草などひとしきり喋った。

話が一段落するのを待って、雅子が汗を拭いたタオルでも投げ捨てるように無造作に、告げた。

「私、来月、結婚する」

突然の宣告に、恭平がうろたえる。

「雅子、お前、何歳になるんだ」

「何言っているのよ。恭平と同い年じゃない」

「そうか、俺と一緒か。それじゃあ、ボチボチ結婚しても好いよな……」

(でも、滅多な奴にはやらないぞ)

理不尽な台詞を飲み込んだ恭平だったが、話を聴くにつれ腹が立ち始めてくる。

その怒りは、一見すると相手の男性に向けられてはいるが、実は知り合ってひと月足らずで抜き差しならぬ関係になってしまっている雅子に対しての憤りだった。

「そんな奴と結婚するの、止めろ!」

「そんな奴とは、何よ。会ったことも無い彼の、どこが気に入らないのよ！」

雅子が激怒するのは当然だと思う。しかし、恭平は相手がプロ野球選手だから反対したのではない。収入が恭平の十倍もあることに嫉妬した訳では、さらさらない。

二回の離婚歴。そこが妙に引っかかるのだった。このご時世に、離婚が悪いと言うのではない。三十歳そこそこで二回も離婚している男に、恭平は胡散臭さを感じたのだ。

しかし、雅子は聞かない。恭平も反対することの無意味さは解っていた。およそ女性って奴は、肉体関係のない男の誠意ある諫言《かんげん》よりも、ベッドの上での男の甘言に耳を貸す。

「よし、解った。でも、俺が一旦は反対したと言う事実だけは覚えておいてくれ。そして、何年か後に、俺が間違っていたと雅子に土下座して謝るくらい幸せになってくれ」

拝むように言う恭平の言葉を聴いて、雅子はやっと機嫌を直した。

「ところで、明後日の午後、雅子は忙しいか……」

「明後日って、二日。二日なら暇だよ」

「じゃあ、我が母校鯉城高校グラウンドにサッカー観に来ないか。初蹴りを兼ねて安芸大学付属高校との試合があるんだ。俺もＯＢ戦に出るから、最初で最後になるであろう雄姿を、観に来て欲しい。あっ、それに淳子も祥代もつれて行くから」

「そう。行ってみようかな。淳子さんとも話してみたい気がするし……」

雅子と別れ家に帰ると、母親が手招きして恭平を呼び、真顔で囁く。

「淳子さんと雅子さんが会ったんだって。大丈夫なの」

「大丈夫って、何が」

「だから、淳子さんが、雅子さんと恭平とのことを心配したりして……」

「あっ、ヤキモチ妬いたりしないかってこと。大丈夫だよ。お袋さんこそ、そんな心配しなくていいよ」

恭平は笑って窘《たしな》めながらも、少し不安になって、サッカーの試合に雅子を呼んだことを軽く悔いた。


ＯＢ戦は、二日の正午にキックオフになった。

試合前の練習中、スタンドの端に雅子の姿を見つけた恭平は、淳子と祥代のいる場所を指差すと、雅子は大きく手を振って駆け出し、お互いに会釈を交わして並んで腰を下ろした。

久々の仲間たちとのプレーに加え、最高の観客を得た恭平は、エキシビションマッチとは思えぬ程に燃え、グラウンド狭しと走り回った。

「どうしたんだ恭平、現役の頃よりずっと動きが好いじゃないか」

ハーフタイム時の先輩たちからの揶揄にガッツポーズで応え、スタンドの三人に向かってVサインを出した。

後半開始直後、張り切り過ぎた恭平は、相手陣内へドリブルで走り込み、元全日本代表選手の激しいタックルを受け、無様に倒れ込んだ。足首を捻挫した恭平は自ら交代を申し出て、ビッコを引きながら三人の居るスタンドへ足を運んだ。

「どうしたの、恭平……」

試合中から辺り構わず恭平の名を叫んでいた雅子が、大仰に心配し駆け寄ってきた。

淳子は祥代を抱いて平然と笑っている。恭平がストッキングを脱いで裸足になると、スパイクされた足首には血が流れ踝が大きく腫れている。

雅子は、一目散に駐車場に走り、乗ってきた愛車からタオルを持ち出し、水道で濡らしている。

「恭平、雅子さんて、本当に素敵な女性ね。あれじゃあ恭平が夢中になるはずよ」

「なっ、好い奴だろ。あれで結構寂しがり屋だから、友達になってやってよ」

濡れたタオルを手に、雅子が小走りに戻ってくる。

「ほら、恭平。これで冷やしなさい」

「あっ、ありがとう。でも、心配するな。これくらいの怪我はしょっちゅうだから」

平静を装いながらも恭平は淳子と雅子を交互に見比べ、足の痛みを忘れ、頬が弛んでいくのを止めることができなかった。

恭平の的外れな反対もどこ吹く風、雅子は一月中旬にハワイで式を挙げ、広島の高級住宅地に馬鹿デカイ新居を構えた。

プロ野球選手という職業柄、家を空けることの多い留守を護るため、雅子はその大きな家に一匹のコリー犬と二匹のマルチーズと共に住み始めた。

雅子と淳子は、知り合ってからたちまち意気投合したようで、夏休みや正月の帰省の度、一緒にショッピングや海水浴を楽しんでいた。

「恭平と雅子さん、好い付き合いをしていたのね。私、不思議に嫉妬しないわ」

「淳子さんて、会うたびに洗練されていくみたい。ホント、恭平には勿体ない女性よ」

こうした相互からの誉め言葉を聞くのが、恭平は単純に嬉しかった。

「なっ、雅子って好い奴だろ……」

「おい、淳子がこんなこと言うんだぜ……」

二人からお互いの賛辞を引き出すため、恭平は見え透いた誘導尋問さえ繰り返していた。

2

恭平に遅れること四年。杉野が結婚した。

あろうことか歴戦の強者《つわもの》が、見合い結婚だった。言行不一致を罵倒し、嘲笑しながらも、恭平は全てが杉野らしいと納得していた。

百名余を招待しての披露宴。恭平は、司会役を仰せつかった。

メンデルスゾーンの結婚行進曲をバックに入場した杉野は、糸の切れた奴凧のように肩を怒らせ、舞い上がっていた。

平常のリズム感を完全に失った杉野は、早く席に着きたい一心で、花嫁を置いてきぼりに大股に会場を横切ろうとした。

恭平は慌てて駆け出し、紋付き袴姿の杉野の袖を掴んで連れ戻した時には、百メートル走の後のように、顔中に汗を掻いていた。

招かれた友人たちのスピーチは次第にヒートアップし、虚実相俟って、両家の家族には聞かせたくないスキャンダルのオンパレードで、恭平は司会を引き受けたことを悔いた。

クライマックスは、両親への花束贈呈だった。

「母さんの歌」のエレクトーン演奏で、花束を手に中央まで進んだ杉野が手招きして恭平を呼ぶ。

「恭平、ちょっと、この花束、持っててくれ！」

「何や、どうしたんや」

「小便じゃ。シッコが出そうなんじゃ！」

「馬鹿。それくらい我慢せぇ」

「駄目じゃ。今まで座って我慢しとったけど、立ち上がった途端に漏れそうなんじゃ。頼むけえ、便所に行かせてくれ！」

確かに、友人たちのスピーチに冷や汗かき通しだった杉野は、その照れ隠しにビールを煽ってばかりいたのだった。

「仕方ない。行って来い。早くせぇよ」

「すまん！」

花束を恭平に預け、杉野は駆け出した。

満座のど真ん中、場違いに立ち尽くす羽目になった恭平は、突然取り残された長身の花嫁と顔を見合わせ、懸命に笑顔をつくろうとした。しかし、花嫁は今にも泣きだしそうだ。大きな深呼吸ひとつして、恭平はハンド・マイクのスイッチをオンにした。

「ああ見えて新郎は、無類の照れ性で感激屋です。どうにも感極まってしまったようです。新郎の親を想う心に免じて、少しの間、一人にしてやってください」

恭平の苦し紛れの釈明に、年配者三十名が目頭を拭い、日頃の杉野を熟知する若者七十名が笑った。直後、勢いよく正面のドアを開け、白いハンカチで目頭ならぬ両手を拭きながら杉野が顔を出す。

「悪い、悪い。さっきはどうしようか思うたで」

事の次第を目の当たりにした老若男女、百名の爆笑が起こる。

恭平は天を仰ぎ、深い溜め息を吐いた。

正面に、今にも泣き出しそうな新郎の母親と、こめかみに青筋を立てた新郎の父親の顔があった。

この頃、海外への新婚旅行が流行り始めていた。おまけに新婦が航空会社に勤務していたことから、てっきり新婚旅行は海外と思われたが案に相違し、杉野は別府と雲仙へと旅立った。中学の修学旅行ですっかり気に入り、その時から新婚旅行は此処と決めていたと言う。

東京で式だけを挙げ、披露宴無しで京都に一泊し、広島への帰省が新婚旅行だった恭平は、改めて杉野に好感を覚えた。

見送る広島駅のホームで、恭平を抱え込むようにして杉野が小さく詫びる。

「恭平、済まんかったな」

「いや、おまえらしい結婚式で、良かったよ」

「今日のことじゃない。俺は恭平に申し訳ないことをしたと思っとるんじゃ」

「申し訳ないこと……」

「分からんか、雅子のことよ」

「雅子が、どうかしたのか」

「いや、恭平に雅子と真剣に付き合ってくれと頼まれたから、一回だけ飯を喰ったんだ。凄く楽しかったから二回目を誘ったら、見事に振られてしまった。やっぱり、恭平の親友とは、付き合えないってさ」

「そうだったのか。でも、それはお前が悪い訳じゃないし、何も謝る必要なんかないよ。それに、雅子も四か月前に結婚した」

「ほうか、結婚したか。そりゃあ、良かった」

「お前は、そういう奴だよ。自分ではプレイボーイを気取っても、実は真面目過ぎる程、生真面目な奴なんよ」

「そうかも知れん。ほいじゃが恭平、信じてくれ。俺の生涯の伴侶は、絶対にあいつだけじゃ」

「信じてるよ。大切にしろよ」

見送りの輪の中心の新婦を指差し得意気にしゃくった長い顎を、恭平が軽く拳で突く。拳は思いがけず顎にヒットし、杉野は顔をしかめ顎をさすった。

同じように恭平は拳をさすりながら、ベンチに叩きつけて壊したギターを思い出し、首を捻った。

3

祥代が間もなく三歳になる三月の末、第二子の男の子が誕生し、謙祐と名付けた。

これを機に、恭平はかねてから誘われていた大手広告代理店に転職した。

——翌年の夏。

帰省した恭平たち家族四人は、初めて雅子の家を訪れた。

雅子は遠征などで留守がちな家を護り、相変わらず犬たちとの共同生活を続けていた。謙祐を抱き上げ頬ずりしながら、雅子は未だ子宝に恵まれず、不妊治療のため病院に通っていることを告げた。その寂し気な表情を見た恭平は返す言葉もなく、大きく息を吐いて天を仰いだ。

祥代と弟の謙祐は大人しいコリーと悪戯なマルチーズに夢中で、家中を追いかけ逃げ回って、遊び疲れて寝入ってしまった。

夕食を共にしようと言う雅子の申し出を即座に断った恭平を、淳子が肘で突く。

「雅子さん、いつも一人だから寂しいのよ。私も手伝うから、ご一緒しようよ」

淳子と雅子。並んでキッチンに立つエプロン掛けの二人の後ろ姿を見た恭平は、ビーフシチューとお好み焼きを続けて食べた夜を想い起こしていた。

あれから何年経ったのだろう。

あの日、淳子の懐妊を知らされたのだから、既に五年の月日が過ぎていた。そして今、四歳になった祥代と並んで、一歳と五か月の謙祐が愛らしい寝息を立てている。

この瞬間を至福の時間と感じていた恭平だったが、ふとした瞬間に見せる雅子の寂し気な表情と、目の下にできた薄く青黒い痣が気になっていた。

太郎、二郎と名付けられたマルチーズの二匹が部屋に入ってきた。

二匹が同じように見える恭平には、それぞれの名前は判らなかった。それでも、眠っている祥代や謙祐に悪戯しないかと目を光らせていた。

両足を前に放り出し、背後に突いた両腕を支えに上半身を反らせた姿勢でいる恭平の後ろに回った一匹が、突っ張った恭平の左腕に前脚を絡ませてきた。

黙って見守る恭平に上目遣いの一瞥をくれたマルチーズは、やおら腰を使い始めた。

硬直したマルチーズの小さな男根が恭平の上腕に当たる。

折角の至福の時間を汚され、無性に腹が立ってきた恭平は、右手の拳をマルチーズの低い鼻に見舞った。

「ギャン！」

悲鳴を上げ、後ろ向きに転がったマルチーズは、起き上がると同時に雅子目がけて駆け出した。

「どうしたの二郎」

どうやら二郎だったらしいマルチーズを抱き上げた雅子は、恭平を振り返った。

恭平は口許だけで笑い、目は雅子に抱かれた二郎を睨みつけていた。

「こら、二郎」

雅子は二郎の頭を軽く叩いて、恭平に詫びた。

「ごめんね、恭平」

詫びる雅子の顔が少し赤らみ、はにかんでいるような気がした恭平は、曖昧に頷いた。

（雅子は、何があったのか解っているんだろうか。そう言えば、小学生の頃にも似たようなことがあったな……）

恭平は、二十年近く前のことを思い出そうと目を閉じた。

＊

——雅子と初めて会った、十一歳の夏。

夕立が、白く焼けたアスファルトを瞬く間に黒曜石の如く輝かせ、再び灼熱の太陽が顔を出した直後。

日頃から大の仲良しだったコロが、突然に骨ばった恭平の細い足に二本の前脚を絡め、腰の屈伸を始めた。

「こらっ、コロ。何してるんだ、コロ」

当惑した恭平は訳が解らず叫び、懸命に後退りしても、コロは絡めた脚を離そうとはしなかった。

「コロ、止めろ」

泣き出しそうになりながら尻餅ついた恭平は、足を振り回し、もう一方の足でコロを蹴飛ばした。

蹴飛ばされて、やっと絡めた前脚を離したコロは、今度は恭平の肩に前脚を掛けてきた。

「コロ！」

恭平は勢いよく起き上がるや、右足で思い切りコロの腹を蹴った。

蹴り上げておいて、恭平は逃げ出そうとした。

逃げ出そうとした恭平の目と、板塀の陰から覗いている雅子の目が合った。

いつもなら正面から向かってくる雅子の視線が、妙に不安気に宙を泳いだ。

（雅子は、いつから見ていたんだろう）

言い訳しようとしても言葉が見つからず、恭平は黙って雅子の横を擦り抜けた。

＊

淳子と雅子の二人で作った料理は、ビーフカレーと中華風チキンサラダだった。

恭平はそれぞれお代わりをした。

恭平が祥代の手を引き、淳子が謙祐を抱いて玄関を出ると、近くの空き地で花火が上がった。その爆発音に驚いて、庭先でコリーが吠える。その隙に恭平は雅子に耳打ちした。

「雅子、今、幸せか」

「うん、幸せだよ」

「そうか、だったら好いけど。困ったことがあったら、何だって言うんだぞ」

「ありがとう、恭平」

満天の星明りの下で見る雅子の笑顔は、どこか虚ろで、恭平は路上駐車したクルマまでの距離が短すぎると感じた。

4

恭平の勤める広告代理店は銀座にある。

日本橋の伊勢越本店に勤務する杉野は、家庭用品売り場から輸入部に転属されている。地下鉄で二駅離れた二人は、月に一度か二度どちらからともなく誘って昼飯を食べる。都合の好いことに、恭平と杉野の給料日は十日程ずれており、支給日から浅い方が勘定を払う。

日本橋の鉄板焼き屋のカウンターで、恭平は杉野の右腕に金色の太い鎖を発見した。

「何や、それは……」

「これか、これは、ブレスレットよ」

「ブレスレットは解るが、お前がそんなもん着けている理由が解らん。少し前まで絵に描いたようなカントリー・ボーイだった杉野さんも、今やブレスレットを身につけたシティ・ボーイ気取りって訳か」

恭平は大仰に身を反らせ、頬を膨らませて両手を広げ、杉野を見直した。

糊の利いたストライプのワイシャツを包むスーツは、生地も仕立ても上質だ。シャツの第一ボタンを外し、緩く締めたネクタイには「ＧＵＣＣＩ」の文字が読める。実際、肩幅の広い長身に加え、職業柄も相まって杉野は会うたびに洗練されていき、スーツ姿がよく似合うビジネスマンに成長していた。

一方の恭平は、Ｔシャツにリーバイス５０１を穿き、リーバイスのショート・ジャケットを羽織ったラフな格好だ。ジーンズはＯ脚のせいで貧相な輪を形成しており、すっかり足に馴染んだワークブーツは踵の外側が擦り減っている。

ビジネスマンとしての自信と風格を身につけ始めている杉野に対し、恭平は学生の頃と殆ど変わっていない。むしろ、変わることを拒んでさえいるように見える。

「恭平、俺、来月転勤だ」

「何処へ？」

「パリ」

「えっ、パリ⁉　パリって、フランスのパリか」

「決まっているだろう、パリは昔からフランスだ」

「パリへ行って、何するんだ」

「今度、パリに伊勢越が出来るんだ。そこで日本人客にフランス商品を売ったり、日本の店で売る商品を選んだりするんだ」

「そうか、凄いじゃないか。お前は、そういう仕事をしたいと言って伊勢越に入ったんだから。嫁さんも連れて行くのか」

「いや、当分は単身赴任だ。おまえの好きなカトリーヌ・ドヌーヴみたいな女をモノにしてやるからな」

「おぉ、そうやって俺に自慢しろ。全部奥さんに報告してやるからな」

「冗談よ、冗談。俺は結婚してからは真面目なもんよ。約束するよ。パリに行っても、絶対に浮気はせん」

「はいはい、一応は信じましょう」

一ヶ月後、杉野がパリに発つ日。恭平は会社を抜けて羽田まで見送りに行った。

出発ロビーは混み合っていたが、長身の杉野はすぐに見つかった。久し振りに会う杉野の両親は、恭平に結婚式の詫びを言い、見送りの礼を言う。

曖昧に言葉を返す恭平の頭の中で、自身の両親がオーバーラップする。恭平は、未だ両親に花束を渡したことも、晴れがましい旅立ちを見送らせたことも無い。突如、正体の判らぬ焦燥感が恭平の尻の辺りをくすぐる。

袖口から金色のブレスレットを覗かせた杉野が手を伸ばし、握手を求めてくる。

「恭平。俺は、失敗するかも知れん。失敗するかも知れんが、思い切り暴れてくる。お前も、そろそろ勝負せんといかんぞ」

「勝負……」

「おぉ、男は勝つか負けるかじゃ。三十歳までに何も出来ん奴は、四十になっても五十になっても、何も出来ん。恭平、何でも好いから勝負してみろ」

「よし、俺は小説を書く。お前に読んでもらえるような小説を書く」

「小説……」

どうして、小説を書くなどと口走ったのか、恭平にも解らなかった。

確たる目標を持ち、着実に実現していく杉野に対し、同じ土俵で相撲を取ることを放棄した恭平が見つけた、唯一の狭い逃げ道だったのかも知れない。口に出した後で、恭平は自分自身に言い聞かせていた。

(そうだ。俺は俺自身の生き方を小説にして、杉野や淳子や親父やお袋、そして雅子に読ませるんだ)

それは子供の頃、学校を休みたくて仮病を母親に告げた途端、妙に頭がズキズキと痛みだしたような、あの症状に似ている。恭平は口から出任せの思いつきに自己陶酔し、一瞬だけ顔を輝かせた。

「よし、書き上げたら一番に読ませてくれ」

杉野は乱暴に恭平の肩を抱き、平手で肩口を叩いて搭乗ゲートに向かった。

自らの虚言から覚醒した恭平は、杉野の広い背に比べて俺の胸は、何て薄いんだろうと、唇を噛んだ。

飛行機を見送ると言う杉野の両親や奥さんに挨拶して、恭平は帰社の途に就いた。

地下鉄で二駅だった距離が東京とパリになり、月に二度が三~四年先になった。それは手が届かないほど遠く離れたようにも、何も変わっていないようにも感じられた。

モノレールの切符売り場の前には人の列がある。

恭平は反対側に並んだ公衆電話に向かって歩き、受話器を手にした。ポケットの中の小銭を掴み、百円玉を三枚、十円玉を二枚投げ入れ、ダイヤルを回した。

杉野のパリへの出立を告げることを口実に、広島にいる雅子の声が聴きたかった。

「ツー、ツー、ツー……」

十回数えて受話器を置いた。カタカタと音を立てて百円玉と十円玉が戻ってくる。戻ってきた硬貨を再び投げ入れ、ダイヤルを回す。

「ツー、ツー、ツー……」

今度は十二回数えて受話器を置いた。

(留守か……何してやがるんだろう)

恭平は何気なく腕時計を見た。十一時二十六分。

モノレールの切符売り場の人の列が解かれている。改札を入ると、浜松町から着いた車両から大きなトランクやバッグと一緒に人の群れが掃き出されてくる。

空になった車内をゆっくり見回し、一人掛けの席に腰を下ろし、窓に頭を傾げ腕組みをして目を閉じた。

＊

恭平は、雅子と一緒に旅行しようとしている。
しかし、待ち合わせた場所、待ち合わせた時間に、雅子が来ない。
列車の出発時間が近づく。
苛立ち始めた恭平の身体中に汗が噴き出る。
遠くの方に雅子の姿が見える。
雅子も懸命に恭平を捜している。
恭平は大声で雅子の名を呼ぶが、その声に雅子は気づかない。
恭平は雅子に向かって駆け出す。
やっと恭平に気づいたのか、雅子が笑顔を見せる。
と、次の瞬間、笑顔が泣き顔に変わる。
「どうしたんだ、雅子」
恭平が声をかけ、手を伸ばそうとした時、忽然と雅子が消える。
「雅子！」
恭平の絶叫も、声にはならない。

＊

身体が前に傾いて、恭平は目を覚ました。

モノレールは大井競馬場前に停まっている。窓から差し込む陽の光に恭平は目を薄く開け、再び目を閉じた。浜松町に着いた恭平は、百円玉二枚を放り込んでダイヤルを回す。

「ツー、ツー、ツー…」

十五回まで数え、後は意地になって鳴らし続けた。しかし、雅子は出ない。

「くそっ！」

雅子に対してではなく、目に見えない大きな何物かに対し、憤りを覚えていた。


翌日、仕事を終えた恭平は、麻雀の誘いを断り地下鉄に乗って新宿三丁目で下りた。紀伊國屋書店で雑誌を買いトップスの二階に上がった恭平は、他にも席が空いているのに、十二人掛けの大きなテーブルに席を取った。

雑誌には、第七十五回芥川賞受賞作「限りなく透明に近いブルー」が掲載されている。

恭平はアメリカン・コーヒーを啜りながら、選評を読んだ。小説を読むのも面白いが、選評を読むのはもっと面白い。恭平は、何でもリアクションのあることが好きだった。

そして、恭平が最も好きなのは、「受賞の言葉」だった。ひょっとすると恭平は、誰かの選評を聞きたくて、受章の言葉を書きたくて、

「小説を書く！」

などと口走ったのかも知れない。

選評と受賞の言葉を丁寧に読み終えた頃、大きなテーブルの椅子は恭平の右隣のひとつしか空いていなかった。恭平は冷めたコーヒーを底に澱ませたコーヒーカップを手で玩びながら、左隣のカップルの会話を盗み聞きしていた。


「だからさ、愛って、どれだけのモノを犠牲にできるかってことなんだよ」

「犠牲って、何をよ」

「たとえばさ、時間とか、お金とか、自分が大切にしているモノがあるじゃない」

「じゃあ、あんた。私に時間やお金を犠牲にしろと言っているの」

「いや、そうじゃなくってさ……」


恭平は笑いを噛み殺し、雑誌とレシートを掴んで席を立った。

左隣で苦戦している男のコーヒーカップにも、ミルクが薄い膜を張って浮遊している。

レジで千円札を出した恭平は、お釣りの百円玉を握ってレジの裏にある電話ボックスに入った。

「ツー、ツー、ツー、プッ」

電話はやっと繋がった。

「はい、神林ですが……」

繋がった電話の主は、雅子ではない。電話に出たのは、久し振りに聞く雅子の異父姉の声だった。

「あっ、お姉さん。本川です。東京の本川です。ご無沙汰しています」

「えっ、本川くん……どうして、どうして分かったの……」

「はあ、何がですか。何が、どうして分かったですか」

恭平はくぐもった異父姉の声で、何か、不吉な何かが、起こったことを直感した。

「どうしたんですか？　何があったんですか？　お姉さん！」

「雅子が、雅子が亡くなったのよ……」

「な・く・なっ・た」

恭平は一瞬「亡くなる」という漢字が思い浮かばず、平仮名で一語一語ゆっくり呟いた。

受話器を両手で握り直した恭平は次の瞬間、大声で叫んでいた。

「どうして！　どうしてです！」

「判らない……判らないのよ……まさか、雅子が自殺するなんて……」

「えっ！　自殺⁉」

一緒にシーソーに乗っていたはずの雅子が、急に重くなって落下した反動で、恭平は空高く跳ね上げられてしまった。

（わあぁ！）

悲鳴を上げようとした刹那、雅子は突然姿を消した。

シーソーの対端にいた恭平は、高い位置からスローモーション動画のように、ゆっくりと地面に叩きつけられ、尾骶骨《びていこつ》をしたたかに打った。異父姉の嗚咽が聞こえる。

「お姉さん、雅子は、雅子は自殺したんですか」

「そう……昨日の昼前……部屋のドアに……内側から……ガムテープ貼って……ガスを出しっ放しにして……でも、犬たちは庭に出して……」

「どうして、どうして雅子は……」

「……」

「どうして、どうしてですか⁉　雅子は、どうして自殺なんか……」

百円玉が切れ、電話が切れた。

恭平は立っていることができず、受話器を握ったままその場に崩れ落ちた。

（嘘だろ、嘘だろ……雅子……お前が死んじゃうなんて……雅子が自殺だなんて……）

受話器を放り出した恭平は、床の上に膝を抱えて座り込んだ。

強く、固く膝を抱き締めることで、恭平は自分自身を小さくしようとしていた。出来れば、この世から消えてしまう程に、小さくなりたいと願っていた。

膝を抱く腕に力を加え、背を丸めるにつれ、恭平の背中に熱い衝撃が甦ってきた。痛みを伴う衝撃は、十七歳の夏の雅子の平手打ちだった。

蘇った平手打ちの衝撃は、恭平の背に鮮烈な手形を刻み、激しく火照り始めていた。

雪

1

――恭平、三十歳。恭平の父、六十三歳の初秋。

不意に父親が上京して来た。突然の訪問を知らされた恭平は、残業を早目に切り上げ、いつもより早く帰宅した。

二歳半になった謙祐を膝に抱いた父親は、五歳と四か月になる祥代の手を肩越しに握り、不器用にあやしている。

「やぁ、お帰り」

「あぁ、ただいま」

他人行儀な短い挨拶を交わし、恭平は上着を脱ぎながら、所在無げに眉間に皺を寄せている父親を盗み見た。父親は洗濯し立ての恭平のブルーの縦縞のパジャマを着て、その袖口とズボンの裾を折り返している。

(親父は、俺よりもあんなに小さかったのか)

恭平は、一人遅れて夕食を取りながら父親に話しかける。

「親父さん、もう還暦も過ぎ、もう少しで六十三歳だろ。サラリーマンならとっくに定年だよ。そろそろ会社は修平に任せて、ゆっくりすればいいんじゃないの」

「いや、まだまだそうはいかん。修平は他人の飯を喰ってないせいか、考えが甘い」

恭平と二つ違いの弟の修平は、父親の会社で常務の肩書を持ち、前年の秋に結婚していた。

本来なら長男が家業を継ぐべきところを、自分は家を出て好き勝手な仕事をしていることに、恭平は軽い後ろめたさを感じていた。

「そうかな。それなりに頑張っていると思うけど」

「一従業員ならともかく、経営者となると、それだけじゃいかん」

「まあ、そうだろうね。それで、会社は儲かっているの」

「売上は少しずつ伸びているが、毎月の資金繰りや従業員の確保が、大変だ」

「最近は飲食業も外食産業なんて呼ばれて、花形産業のひとつになって、就職でも人気があるみたいだけど」

「いや、それはマスコミが騒いでいる一部の会社だけで、うちみたいな零細企業は逆に苦しくなってきている」

父親は眉間に皺を寄せ、唇を固く閉じる。

不自然なほど力を入れた唇はへの字に曲がり、下顎に梅干しの種のような皺を刻む。

刻んだ皺の中に白いものの混じった髭が伸び、疲れを色濃く感じさせる。


「ところで、親父さんの給料は幾らなの」

「う〜ん、儂の給料は五十万円よ。修平には毎月三十万円払っている」

「五十万円。それで、ボーナスはあるの」

「社長にボーナスなんか、あるものか」

(月額五十万円と言うことは、年収六百万円か。俺の昨年の年収は約七百万円強だから、三十歳のコピーライターである俺の方が、六十三歳の社長である親父より多いのか。そして、その収入で俺に浪人をさせ、仕送りをしてくれていたのか……)

金庫の奥に隠されていた父親の貯金通帳をこっそり覗いたような罪悪感に襲われ、元通りに金庫を閉めようとして恭平はもがいた。

「経営が苦しいのは、何が一番の問題なの」

「いろいろあるが、直接的には出店の失敗だ。初期投資に金を掛け過ぎた」

「あぁ、あのレジャーランドに出したレストランね」

「夏の間は良かったけれど、九月に入ったら客足がぱったり落ちた」

「だから、止めた方が良いって言ったでしょう。僕の言うことを聞いておけば良かったのに」

「……」

「大体、親父さんは、思いつきで行動し過ぎるんだよ。すぐに熱くなるんだから。もっと事前のマーケティング調査を慎重にしないと」

「何がマーケティングや。サラリーマンのお前に会社経営の難しさが、解るもんか」

口を尖らせて父親が反論する。

（あっ、しまった）

恭平は、心の中で舌打ちする。


「うん、会社経営については、僕は解らん。でもね、人の気持ちは解るつもりだよ。お客さんも従業員も、結局は人なんだから。お客さんや従業員がどうすれば喜んでくれるか、その気持ちの由縁するところを徹底的に考えるのが、経営者じゃないのかな」

熱くなった父親を落ち着かせようと、恭平は穏やかにゆっくりと、諭すように話した。

だが、平常と違う物言いが、余計に父親の気持ちを逆撫でしたようだ。

「生意気なこと言うな。儂の苦労が、お前なんかに解るか」

「それじゃあ、もう何も言わんよ。親父の会社がどうなろうと、僕には関係ないんだから。明日の朝は早いから、もう寝るわ」

恭平は箸を措《お》き、自分の部屋に入り後ろ手に襖を閉めた。

淳子が父親に詫びている声が聞こえる。

（昔の親父なら、追いかけてきて襖を押し開け、ビンタの一発も張るだろうに……）

恭平は暗い天井を睨み立ち尽くしたまま、大きな溜息を吐いた。

これまでも父親の身勝手な言い分に腹を立て、恭平は悔し涙を幾度となく流してきた。

しかし今、息子に虚勢を張ろうとする父親に対し、憤りは無い。

（いつか息子の謙祐も、俺をこんな風に見るのだろうか）

湧き上がる寂しさを掻き消すよう、再び深い溜息を吐いて振り返り襖を開けた。

「親父さん、ゴメン。ちょっと言い過ぎたみたいだ」

「いや。淳子さん、この家にはお酒は置いてないのかね」

遊びに来た杉野が持参し、その殆どを自分で飲んだウイスキーの残りで父親と恭平は薄い水割りをつくった。

「今年のカープは、どうかね」

「おう、浩二も衣笠も調子がいいから、今年も絶対に優勝だ」

父親も恭平も、酒は強い方ではない。飲み慣れない酒をぎこちなく飲み交わすことで、父と息子の意思疎通を図ろうと、二人は安物のホームドラマを懸命に演じていた。

そしてお互いが二杯目を手にする頃には、共に顔を赤らめ気分を高揚させて、恭平が子供の頃の失敗談など、面白可笑しく淳子に語って聞かせるのだった。


翌日、仕事を終え帰宅すると、すでに父親は帰広していた。

「結局、親父は何のために東京へ出て来たんだろう」

「恭平さんに、会社を手伝って欲しいんじゃないの。今日も帰る前に、恭平さんの仕事ぶりや給料のことなんか、いろいろ訊かれたもの」

「ふ～ん。でも、俺は広島には帰らないよ。今の仕事は俺の天職だと思っている。それに俺は、親父は大好きだけど、親父と一緒に仕事は出来ん。俺と親父は似た者同士だ。似た者同士が一緒に仕事をすると、必ず摩擦が起き、喧嘩になる。昨日だってそうだろ。衝突するのは目に見えている」

「でも、私は、恭平さんはいつかきっと、広島に帰ると思うよ」

「どうして」

「どうしてって、自分でよく言っているじゃない。『俺は人が喜ぶのを見て、初めて自分が喜べるんだ』って。ホント、間違いなくそうだと思う。それに、恭平さんが一番に喜んで欲しいと思っているのは、お父さんに決まっているから」

「そうかな」

「そうよ。昨晩だって、最近の作品見せたら、お父さんは嬉しそうな顔されていたけど、そのお父さんの笑顔を見ている恭平さんは、輪をかけて嬉しそうな顔していたもん」

「へぇ、淳子。お前、そんなこと考えながら、俺たちの話を聞いていたのか」

恭平は最高級の満足顔を淳子に見せようとしたが、顔は強張って引きつり、逆に泣き顔みたいになっていた。

2

──年年歳歳花相似、歳歳年年人不同。

幾つかの持病を抱えた肉体はともかく、見た目と気概だけは、同年代の誰にも負けないと恭平は自惚れていた。そして同級生だった石原智子や亀崎理佳に比べ、妻の淳子が心身共に若々しいことに密かに満足していた。

しかし、ふとした瞬間に淳子の顔に刻まれた皺に気づき、共に暮らしてきた日々を想い、溜め息を吐きながらも慈しみを覚えることがある。そんな淳子は、いつの頃からか白髪染めを始めていた。

恭平はゴマ塩頭をロマンスグレーと強弁し、齢を重ねるにつれ長髪を気取り、杉野は生え際の後退も髪の量を減らすこともなく、見事な白髪と変じていた。一方で世良は薄くなった白髪を開き直って短く切り、日焼けした頭皮を露出させていた。

父親の上京を契機に恭平は、三十一歳になる直前に広告代理店を退職。帰郷して父の経営する弁当屋の専務に就き、経営危機に陥った三十六歳で社長に就任した。

爾来、コンビニエンスストア最大手のエンゼルスと取引を開始するなど奇跡的な運と縁に恵まれ、還暦を迎える頃に年商は百億円を超えていた。生来の勉強嫌いはそのままに、勘と度胸だけが頼りの型破りな経営や歯に衣着せぬ物言いが過大評価され、商工会議所の会頭など幾多の分不相応な要職を拝命した。

予てよりの宣言通り、六十五歳で娘婿の中田颯一郎に社長を譲り、会長に就任したのも束の間。一年半後、予想だにせぬ新社長の急逝により、止む無く社長に復帰。気丈を装いつつも寄る年波には勝てず、就寝前に淳子の指圧を受ける頻度は増していた。

杉野は順調に昇進を重ね、伊勢越デパートの取締役商品本部長として国内外を忙しく飛び回って活躍。五十代前半に胆嚢摘出術を受けて以来、臆病なほどに体調管理に気を配り始め、酒を控え煙草を止めてスポーツジム通いに精励するも、還暦を過ぎて大腸に癌が見つかり、直腸切除術を受けたのを機に潔く職を辞した。退職後は年に一度、リーグ・アンやセリエA、リーガ・エスパニョーラなど、欧州サッカー観戦ツアーを楽しんでいた。

そして、自らを律するだけでは飽き足らず、会うたびに恭平の不摂生をなじり、運動と検診の大切さをしつこく説き続けていた。

世良は相変わらずニューヨークと東京と広島を往来し、アンディ・ウォーホル亡き後、厚顔にもシルクスクリーンの旗手を自称。惰性的な創作活動と意欲的な営業活動を続け、一部のファンに人気を博す傍ら、帰郷した際には不動産管理業に辣腕を揮っていた。

芸術的才能の枯渇か体力の減退か、はたまた費用対効果を熟慮の末か、未練を残しつつも数年前ニューヨークと東京の拠点を引き払い、暇と金を持て余した広島での生活は、食べ歩きとゴルフ三昧に明け暮れていた。

積年の因果応報か。限られた友人しか持たぬ世良は、週に三度は恭平にLINEを送り、月に一度の恭平とのゴルフや食事では、友誼《ゆうぎ》溢れる毒舌の遣り取りを愉しんでいた。

*

——古希を迎えた年の師走。

雪は、夕方から降り始めた。ゆっくり交錯しながら舞い続ける雪は、地表近くで急激に自由を奪われ、一直線に地上に向かって落下し、儚く消える。

世良に誘われてのツーサム・ゴルフはスコアも振るわず、寒さに震えながらプレーを終えた二人は、四川料理「さざき」で食事をした。この店は世良の所有するビルの一角に在り、中華料理店には珍しく、十人で満席になるカウンター席を夫婦で賄い、店主が懸命に鍋を振り、味を調える手元を見ているだけで美味しさが増す。

好き嫌いの激しい世良は、おまかせコースのふかひれスープを伊勢エビのバター炒めに変え、北京ダックを和牛フィレに変えるなど、わがままコースにアレンジして注文する。

看板メニューの麻婆豆腐を飯と一緒に頬張り、デザートの杏仁豆腐まで堪能した世良と恭平は、エレベーターで四階に上がった。

薄暗いバーのカウンターに腰を下ろすと、奥の方に二人連れの男性客がいるだけだった。

「儂は、ジンにレモンを入れてくれ。こいつは飲めないから、滅茶苦茶に薄いソーダ割りでも作ってくれ」

ビルのオーナーだけに馴染み深いのだろう。世良が横柄な様子でオーダーする。

カープのロゴとカープ坊やのイラストが描かれたコースターに置かれた薄いソーダ割りを舐めながら、恭平は欠伸を堪え、奥歯を噛み締めていた。

奥のカウンター席の一人が、カラオケに興じ始めた。

Yesterday, all my troubles seemed so far away
Now it looks as though they're here to stay
Oh, I believe in yesterday ……

バーのカラオケで、酒を飲みながら、ビートルズを歌うことに軽い違和感を覚えた恭平が左手の世良に笑いかけると、世良が小声で囁いた。

「粋がって歌っているけど、発音は出鱈目だな」

相槌を打つほどの語学力を持たぬ恭平は、曖昧に頷いた。

Why she had to go
I don't know, she wouldn't say…

「あちらのお客様、昔カープにいた神林投手ですよ……」

屈み込むようにしてバーテンダーが小声で口にした名前に、恭平が鋭利に反応した。

「止めろ！」

小さく呟いたつもりの一言は、思いがけず大きな怒声となって響き、恭平の突然の豹変に驚いた世良が、大袈裟に仰け反り恭平を凝視した。

歌が止みカラオケだけが流れる中、奥の席から背の高い男が二人、ゆっくり席を離れ、歩み寄ってくる。

普段は大抵の事にも笑みを絶やさない世良が、珍しく真剣な表情になり、反射的に立ち上がったが、彼らはその世良よりも一回り以上も大きく感じられる。

ただ一人カウンターに肘をついたままの恭平は、物憂げに視点の定まらぬ目を彼らに向け振り向いた。

「今、『止めろ』って怒鳴ったのは、俺らに向かってだよね」

妙にゆっくりとドスを利かせて喋りかけてきたのは、紛れもなく南海、広島、大洋、阪急と渡り歩いた、往年のプロ野球投手の神林だった。

神林は華麗なアンダースローから繰り出す多彩な変化球で打者を翻弄し、毎年五～六勝の勝ち星を挙げるが、勝ちと同じ程の敗けもある一流とは呼べぬピッチャーだった。プレーにも増して彼の名がマスコミを賑わしたのは、数々の女性遍歴だった。

歳は恭平より二つ上だったから、七十二歳になるはずだが、仕立ての良いスーツと派手なネクタイから遠目には十歳以上若く見える。だが、その表情は案外に老け込んでいた。

「あなたたちに言ったんじゃない。あなた一人に言ったんだ」

「ほう、何か、俺に恨みでもあるのか」

「恨みは無い。恨みは無いが、あなたにはイエスタデイを歌って欲しくない」

「お前、俺を馬鹿にしているのか」

「馬鹿にはしていない。でも、やっぱり、恨みがあるのかも知れない」

「お前、これまでに俺と、会ったことがあるのか」

「会ったことは無いが、話はよく聞いてた」

「誰から、俺の話を聴いたんだ」

「……雅子だよ」

「まさこ、まさこって、誰だ」

「貴様、自分の女房だった女性の名前も忘れるのか」

「あぁ、あの雅子か」

「そうだよ、貴様に殺された、あの雅子だよ」

「人聞きの悪いこと、言うんじゃないよ。雅子は、自分で勝手に死んだんだ」

「死にたくなるような思いをさせたのは、貴様だろうが！」

それまで意識して、穏やかに話していた恭平が声を荒げた。

「他人を貴様呼ばわりして、好き勝手言うんじゃないよ。お前こそ雅子の何なんだ」

「私か、私は、雅子の幼馴染だよ」

「幼馴染、単なる幼馴染のお前が、何故、俺を人殺し呼ばわりするんだ」

「単なる幼馴染じゃない。掛け替えのない幼馴染だ」

「待てよ。ひょっとして、お前。何とか言う、雅子の元彼か」

「……」

「だったら、お前にとやかく言われる筋合いはない。俺の方こそお前に恨みがある」

「俺に恨み……」

「あぁ、雅子が俺に隠れて、付き合っていた男がいた。それがお前だろう！」

「失礼なこと言うな。俺たちは正々堂々の仲だ。下衆な勘繰りは止めてくれ」

「下衆とはなんだ！」

「自分の尺度でしか、人を見られない奴のことを、下衆野郎と……」

その言葉の終わらぬうちに恭平の腕はカウンターから離れ、万歳をするような格好で椅子もろとも後ろに倒されていた。

顔面を殴られ、仰向けに倒された恭平は、上着のポケットに手を突っ込み、ハンカチを取り出し、口の中に溢れた濃い味のする血を拭った。

拭った血を見る風を装いながら、上目づかいに神林の足元を睨み、ゆっくりと身体を起こした。そして、立ち上がる寸前、神林の鳩尾を目掛けて、頭から突進した。

その一連の動作は、イメージした俊敏な動きとは程遠く、実に緩慢でぎこちなかった。

鳩尾目掛けて突進したはずの恭平は、神林の仲間が咄嗟に出した足に躓き、無様に前のめりに倒れ込み、カウンター下の壁に頭と肩をぶつけた。

積年の鬱憤を言葉にすることも、一撃を加えることもできない自分が情け無くて、居た堪れぬ思いで倒れたまま、恭平は顔を上げることができなかった。

「よし。もう、それくらいにしておけ」

それまで事の成り行きを黙って見守っていた世良が、毅然と言い放つ。

その落ち着いた言葉と眼光の鋭さに、二人の大男が一瞬怯んだ。

怯んだ隙に間髪入れず、神林の脇腹に世良のパンチが入った。

不意のパンチを見舞われ、膝を折って崩れ落ちた神林を、連れの男が支えた。

「あんたも、やるかい？」

平然と男に向き直って、世良が男に問う。

「……」

「今日は痛み分けってことで、もう帰った方がいいよ。でも、勘定は忘れるなよ」

油断なく二人を見据え、世良は倒れた椅子を元に戻し、恭平を抱き起こした。

立ち上がった恭平は、真っ直ぐに神林と対峙しつつも憤怒は急激に覚め、悲惨な気分に支配されていた。

小さく舌打ちした神林の相棒は、カウンターに一万円札を投げるように置き、トレイに返された釣り銭も受け取らずコートを片手に店を出た。

鋭い目線で見送った世良が、椅子に腰かけ諭すように恭平に呟く。

「弱いくせに、負けん気だけは相変わらずだな。お前は小学生の頃から、上級生にボコボコに殴られても、泣きながら噛みついて離さなかったもんな」

「そうだったかな」

「そうだよ。だから儂は、絶対にお前とは喧嘩したくないと思ったよ」

「世良。お前、まだボクシングやってるのか」

「いや、ボクシングは止めた。ボクシングは止めたが、今も週に二日、空手をやってる。ニューヨークは物騒だし、日本人だったら、空手の方が何かと有利だったんだ」

「お前って奴は、相変わらず、打算的だなぁ」

「それを言うなら、『何事にも戦略的だな』て言うんだよ」

「まぁ、とにかく俺は、神林だけは許せなかったんだ」

「そうか。下重雅子は、神林と結婚していたのか。そして、自殺したのか。もし、それを知っていたら、儂が先に一発見舞っていたかもしれないな」

世良は子供の頃からガキ大将で、一時期は一端のワルを気取っていたこともあった。

大学に入ってからは、何を思ったかボクシングジムに通い始め、四回戦ボクサーとしてデビューしたりもしていた。年を喰ったとはいえ、もし、神林と本気で殴り合っていても、負けはしなかっただろう。

「四十年も前になるのかなぁ。ほら、儂が初めての個展を日本橋で開いた時、下重雅子がひょっこり顔を見せた時は驚いたよ。好い女になっていてなぁ。美意識の高さって言うか、女性を見る目の確かさって言うか、センスの良さは生まれつきだなぁって、再認識したよ」

「何を、寝惚けたこと言ってるんだ」

「いや、ホントだよ。ついつい嬉しくなって、儂の作品で好きなのをプレゼントするって言ったら、下重は一番小さくて、一番安いリトグラフを選んだよ」

「あぁ、あのキャッチャーミットか」

「えっ、何で知っているんだよ」

「いや、あれは俺も気に入っていたんだ」

「気に入ったんなら、金を出して買えよ。お前、儂の作品、買ったことないだろう」

「また、今度な」

「また今度なんて言ってないで、直ぐにでも買えよ。何だったら、お前の会社で儂の作品をコレクションしたらどうだ。品格が上がって、運を呼んで、儲かるようになるぞ」

「お前は芸術家か⁉　それとも、金儲け本位の画商か⁉」

「そんなもん、アーティストに決まっているだろう。ところで恭平、下重はどうして自殺なんかしたんだ」

「分からん。分からんけど、父親違いのお姉さんから聞いたことがある」

「何て、聞いたんだ」

「神林は子供が欲しかったらしい。でも、子宝に恵まれなくて、雅子は不妊治療に通っていたらしい。それに神林は、異常なほどの焼きもち焼きで、遠征先から電話をして繋がらないと、帰ってから暴力を振るったりしたらしい」

「今で言う、ＤＶか」

「まあ、そうだ。誓って言うが、俺は雅子の手を握ったことも無いし、神林に隠れて付き合ってなんかいない。家族ぐるみの、正々堂々の仲だ」

「うん、分かってる」

「今まで黙っていたけど、お前の個展のことを、雅子に教えたのは俺だ」

「そうだったのか。急に下重が個展の会場に現れたのが、不思議だったんだ。それ以上に理解できんのが、何故、突然、儂の前から消えてしまったかなんだ」

「……」

「個展で再会した後、儂らは上手くいっていたんだ。ギターなんかをプレゼントして半年近く付き合っていたんだ。一緒にニューヨークに行こうかなぁ、なんて思ってたのに、何故か儂の前から消えてしまって、連絡も取れなくなったんだ」

「……」

「どうした、恭平。お前、何か知っているのか⁉」

「いや、お前と付き合っていたことも知らなかったんだから、別れた理由なんか知らん」

「そうか。そりゃあ、そうだよな……」

世良の言葉を遠くに聴きながら、恭平は孤独な世界に逃げ込み、黙り込んだ。

惨めだった。顔面を殴られた痛みより、「隠れて付き合っていた男」との言葉に、深く傷ついていた。

その誤解が故に、雅子は余計な暴力を振るわれたのかも知れない。

善意と信じての行為全てが、結果として雅子を苦しめていたのかも知れない。

ひょっとすると、雅子を自殺に追い込んだ遠因は、自分にあったのかも知れない。

もし、四十数年前の雅子の誕生日、一緒にビートルズを聴いていなければ、雅子は世良と一緒にニューヨークへ行っていたかも知れない。

自身を苛む声が次々と湧き起こり、恭平は絶望の濁流に耽溺して我を失った。不意に、イエスタデイの一節がスローなテンポで頭の中に流れ始める。

Why she had to go
I don't know, she wouldn't say
I said something wrong
Now I long for yesterday

パンチを受けた顔面をグラスで冷やしながら眺める窓ガラスに、恭平のシルエットが暗く映っている。瞬きして焦点をシルエットの先に移すと、点在する寒々としたネオンの灯りを覆い隠すように、激しさを増した雪が降り続いている。

グラスをカウンターに置き、両手で頬杖をついて、蒼白い灯を眺め、大きく深い溜め息を吐く恭平の背中に、柔らかな愛撫にも似た火照りが、穏やかに蘇ってきた。

それは日課となっている、淳子の指圧の心地好い掌の温もりだった。

「老婆心ながら」 ―あとがきに代えて―

七十四歳の秋、遅れ馳せの小説家のデビュー作「挑戦のみ、よく奇跡を生む」を上梓。兎にも角にも一人でも多くの目に触れ、手に取ってもらい、読んで欲しかった。思案の挙句、臆面もなく超多忙な落語家・林家たい平師匠に推奨文を懇願！快くお引き受けいただき、「ジェットコースターみたいな人生」との惹句を頂戴したお陰で、無名作家としては上々の発売実績を得た。

二匹目のどじょうを狙って二作目の「スタンド・ラヴ」でも、林家たい平師匠に推奨文をお願いした。前作とは毛色の違う内容に戸惑いつつも、「三振したって構わない！」との有り難いエールをいただいた。

そして今回の第三作「イエスタデイを少しだけ」では、相変わらずハラハラドキドキしながらも作者の思惑を汲んでいただき、内角下半身ギリギリの言葉を頂戴した。

その林家たい平師匠でさえ、「どこまでがフィクションで、どこからがリアルなのか」との興味が先走ってしまわれたようだ。

＊

「スタンド・ラヴ」を読んだ多くの友人から、様々な感想が寄せられた。

一番多かったのが個々の事案を上げて、「○○は本当のことか？」だった。

身近な人々だからこその率直な感想なのだろうが、小説として書いた文章の虚実にしか関心が及ばないのは、小説として未熟なのだろうと猛省している。

中でも、毎々特異な感想文を寄せてくれるのが、今回の「イエスタデイを少しだけ」に大学時代の後輩のモデルとして登場する山上退介（仮名）さんである。

山上退介さんは京都の出身。今回の作品への登場に際し京都弁を指導していただくため、執筆中の草稿を送った。京都弁以外の個所には決して口を挟まぬよう、厳重注意したにもかかわらず、相変わらずの余計な指摘が返ってきた。

＊

ストーリーは前作よりも深みがあって良かったと思います。

タイトルの「イエスタデイを少しだけ」の意味もよく分かりました。

雅子との純愛話も、淳子との学生結婚からの幸福な生活も、筆者の一途な思いが十二分に表現されていて感激しました。

恭平の会社生活や友人との関係なども大変バランスよく登場して心地好く読めました。

部分的に気になるところは、ガス自殺に関してです。関東では昭和五十年、関西では昭和五十三年の天然ガス転換以降ガス自殺は出来ないことです。

かつてガス自殺が多かったのは、死に顔が綺麗だからと言われ、小説にも再三登場しました。記述されているように、昭和四十七年の川端康成氏もガス自殺でした。

社会的に困るのは、今もってガス自殺は出来ないと知らずに自殺を試みた後、電気のスイッチを入れてガス爆発を引き起こし、近隣をも巻き込んだ事故に繋がることです。

私が勤務したガス会社でも、天然ガス転換後「天然ガスでは自殺できません」というＣＭを流し、ガス協会からの指摘やお願いと相俟って、近年のテレビドラマからガス自殺のシーンは消えました。

惣才翼さんの小説が社会的な反響を呼び、ガス自殺を試みる人が続出するとは決して思いませんが、あとがきの中にでも注意喚起していただけると助かります。

余計なお世話だと罵りながらも、老婆心ながら謹んで告知させていただきます。

＊　　＊

三作目の出版に際し、カバーイラストを前作同様友人のイラストレーター打道宗廣（作中仮名：内海政宗）さんに依頼することは決めていた。

そして、その意匠に関するアイデアは二人の会話の中から生まれた。

「個人的に言えば、ビートルズもサイケデリックも私の避けていた文化だが、少なからず影響を受けたのは事実だ。イエローサブマリンのＬＰジャケットは、今でも覚えている。

サイケデリックは、元々ドラッグのぶっ飛んだイメージを表現したものらしいが、所詮は出鱈目と漫画の合成を楽しむのが本質だ」

「それだよ、それ！　今回の表紙はサイケデリックなイラストで行こうよ！」

「うん、確かにサイケデリックは、あの時代を表現し、日本人にも浸透した流行だった。間違いなく当時を再現できると思うけど、今の時代にサイケデリックを知る人が多くないのが心配だな」

「そんな事は構わんよ。こう表現するんだ！　との強い意志で主張すれば、ビジュアルとしては面白いし、返って新鮮かも知れない。ビートルズを描かず、サイケ調でビートルズの時代を感じさせようよ！」

幾つもの持病を抱えた後期高齢者二人の会話は、半世紀以上前のウェスト・パブリシティ制作室と変わることなく弾んだ。

一週間後、イラストのラフ案と共に短いメッセージが届いた。

＊

「イラストの意図としてはサイケデリックスタイルなので合理性や普遍性は一切排除し、アカデミックに逆らう出鱈目のデッサン、思い付きの装飾で構成しています。

僅かなビートルズの関連性としては上部にあるイエローサブマリンを連想させるものと下部にある林檎、首の取れたベビー人形などです。林檎が再三ビートルズの象徴として扱われた経緯があった事は、ファンではない私にも記憶があります」

＊

小説を書くことは、孤独な作業のように思っていた。しかし、一冊の本を出版するには、多くの人に支えられてこそ成せる業であると痛感している。

今回も推奨文をご寄稿いただいた林家たい平師匠、サイケなイラストで表紙を飾っていただいた打道宗廣さん、編集でお世話になった金田優菜さん、余計なご指摘を賜った山上退介さんはじめ、ご支援いただいた全ての皆様に衷心より御礼申し上げます。

そして、「幸せにできるかどうか判らないけど、絶対に退屈はさせない！」真っ正直なプロポーズの言葉を信じ、小説よりも奇なる人生に伴走いただいている妻に、最大級の感謝を込めて、小説「イエスタデイを少しだけ」を捧げます。

令和六年五月八日〈満七十七歳《喜寿》の誕生日〉

「三作目の完投勝利！」

落語家　林家たい平

それはきっちり開幕に向けて合わせてくるプロ野球選手に似ていた。

第一作目「挑戦のみ、よく奇跡を生む」ではプロのストライクゾーンを確かめ、そこに投げられることを確認。

第二作目「スタンド・ラヴ」はどこまで自分の持ち玉の変化球が通用するかをバッターを立たせてみて、デッドボールにならないかを試してみた。内角下半身ギリギリ、デッドボールになりそうな球でも、キャッチャーを務める奥様がしっかりとミットに収めてくれるのを見極めた。

そして迎えた第三作目の「イエスタデイを少しだけ」。

未だ誰も上がってないきれいなマウンドが目の前にある。ブルペンでしっかり肩を作った翼投手は意気揚々と、自分の投げやすいようにマウンドをスパイクで削り、蹴り上げる土の高さを作っていく。プレイボールの声がかかり、第一球を振りかぶる。

毎回この初回の投球がファンをハラハラさせるのだが、今回は違っていた。バランスのよい安定したフォームから低め低めに制球された球がキャッチャーミットに吸い込まれて行く。途中何度か、翼投手の持ち玉の内角下半身ギリギリのクセ球は投げられたものの、打者もわかっていてしっかりと避けて行く。

この小説というゲームに登場する選手たちのことを、惣才翼さんとの付き合いが長い私は、なんとなく知っている。

なのでどこまでがフィクションで、どこからがリアルなのか、ハラハラドキドキしながらも、気がつくと自分も主人公恭平の仲間になり、夜な夜な時間を共にしているような気持ちにさせられていたのだ。それは惣才翼さんが描く、ハードボイルドとは程遠い主人公の弱さ、優しさが一緒にいたいと思わせてくれるのだろう。

私達の落語の世界には、大きく分けて二通りのやり方がある。セリフで物語を進行させるタイプと、情景を細かく描くことで噺を進めていくタイプ。

惣才翼さんの描く世界はまさしく【描く】にふさわしい。その場に居させられる臨場感を作ってくれる。かと言って説明過多にもなっていない、いい塩梅なところが憎い。

読み進んでいくにつれ、いつの間にか主人公の肩を抱き、泣いてしまっている自分がいた。

そして明日はどうなるのか？　ついついページをめくる速さが増していった。

翼投手は何度かのピンチをくぐり抜け、九回のマウンドに立っている。最後のアウトを取る瞬間を、チームメイトと味わっている。そして試合終了、三作目にして完投勝利。

真っ先に駆け寄ったのは、翼投手の生涯一捕手を努めてくれている奥様の元だった。

〈著者紹介〉
惣才 翼（そうざい つばさ）
昭和22年鳥取県生まれ。本名、細川匡。広島県立広島国泰寺高校、早稲田大学を経てコピーライターとして広告代理店・大広に勤務。30歳で父親の営む弁当会社専務に就任。36歳から代表取締役社長及び会長を務め、廿日市商工会議所会頭、中国地域ニュービジネス協議会会長、廿日市市文化スポーツ振興事業団理事長などを歴任。現在はデリカウイング株式会社取締役会長、FMはつかいち代表取締役社長、廿日市商工会議所名誉会頭、広島修道大学特別客員教授。74歳で「挑戦のみ、よく奇跡を生む」、75歳で「スタンド・ラヴ」を幻冬舎から発売し遅れ馳せの小説家デビュー。作詞家としては「親父に誉めてもらいたくて」「Happy Together」「大きな笑顔」など数曲をカラオケ収録。71歳の秋、経済産業省推薦により旭日小綬章を受章。

カバーイラスト　打道宗廣

JASRAC 出 2405740-401

イエスタデイを少《すこ》しだけ

2024年10月9日　第1刷発行

著　者　　惣才 翼
発行人　　久保田貴幸

発行元　　株式会社 幻冬舎メディアコンサルティング
〒151-0051　東京都渋谷区千駄ヶ谷4-9-7
電話　03-5411-6440（編集）

発売元　　株式会社 幻冬舎
〒151-0051　東京都渋谷区千駄ヶ谷4-9-7
電話　03-5411-6222（営業）

印刷・製本　中央精版印刷株式会社
装　丁　　村上次郎

検印廃止

Printed in Japan
ISBN 978-4-344-94923-2 C0093
幻冬舎メディアコンサルティングＨＰ
https://www.gentosha-mc.com/